이제
겨우
엄마가 되어 갑니다

사랑, 모성, 꿈에 대한 눈부신 기록

이제
겨우
엄마가 되어 갑니다

손유리 지음

유노
라이프

·

딸이던 여자가
비로소 엄마가 될 때

나는 두 아이의 엄마이다. 두 아이에게 '엄마'라는 이름으로 불리며 살아가고 있다. 처음에는 어색하기만 했던 그 이름, 엄마. 늘 엄마를 부르기만 했던 철부지의 내가 우리 엄마가 그랬듯 아이를 낳고 엄마의 삶을 살아가고 있다. 이제는 내 이름보다 엄마라는 이름이 더 친근하다.

두 아이를 자연 분만하면서 겪은 출산의 고통과 10년의 힘든 육아 전쟁을 통해 엄마가 되어 간다는 것이 얼마나 숭고한 일인지를 뼈저리게 느꼈다.

2012년 5월, 서른 살의 나는 4킬로그램의 우량아를 첫 순산했다. 남자아이였다. 아들은 덩치가 남달랐다. 출산한 병원에서도 조리원에서도 덩치, 울음소리로는 1등이었다. 예민하고 겁이 많아서 울기도 많이 울었고, 울음소리가 어찌나 쩌렁쩌렁한지 멀리서 듣고도 우리 아이라는 것을 알 정도였다.

자라면서 아이의 성장 발육은 더욱 남달랐다. 또래보다 훨씬 몸집이 컸고, 에너지가 넘쳐 걷기보다는 뛰기를 즐겼고, 조용히 있는 시간보다는 소리 지르는 시간이 더 많았다. 높은 곳에서 뛰기, 물건 던지기, 뺏기, 밀치기 등 위험한 행동을 일삼았다.

세 살 때부터 아이의 행동은 급격히 폭력적으로 변했다. 주위의 아이들을 때리기 시작했고, 보복 심리 또한 크게 나타나 다른 아이들이 때리거나 놀리면 꼭 되갚아 주었다.

당시 나는 출산에 연이은 갑상선암 수술로 제대로 몸조리를 하지 못해 몸 상태가 늘 빨간불이었다. 잠이 부족했고 피곤했고 자주 아팠다. 육아 우울증까지 와서 아이에게 나도 모르게 짜증을 냈고, 육아 자체가 너무 버거웠다. 이런 엄마라 아이를 돌보는 것이 무척 힘들었다.

첫째 아이는 유치원에 가면서부터 문제 행동을 더 드러냈다. 아이는 스스로 행동을 조절하지 못해 부주의하고 충동성을 보였다. 틱 증상도 나타났다. 어딜 가든 주변 사람들의 시선에서 자유롭지 못했다. 한시도 마음 편한 날이 없었다.

그러다 아이가 초등학교 1학년 때, 환경을 바꾸면서 모든 것이 달라졌다. 아이를 도시가 아닌 시골 학교에 보냈더니 놀랍게도 변화가 있었다. 아이는 시골에서 학교를 다니며 틱 증상이 완화되었으며 과격한 행동, 급격한 분노도 사그라들었다. 그렇게 내 마음도 안정을 찾게 되었다.

그러던 어느 날, 아이가 나를 변하게 만든 한 마디를 했다.

"엄마는 꿈이 뭐야?"

나는 육아를 하는 내내 아이들의 엄마로만 살았고, 육아만 해 왔다. 엄마이기에 할 수 있는 일이 없다고만 생각했다. 더구나 육아를 힘겹게 했기 때문에 그 삶 속에 꿈은 없었다.

아들의 한 마디에 정신이 번쩍 들었고, 내 삶을 바꾸기로 마음먹었다. 그 뒤로 일상은 달라졌고, 꿈이 생겼다. 글을 쓰고 공부하며 성장과 자기 계발을 이어 갔다. 엄마이기에 감당

했던 그 모든 여정을 글로 써내려 가며 작가의 꿈을 키웠다.

그렇게 차츰 일상의 회복을 더했고, 더 이상 육아는 나에게 힘든 일이 아니라 기쁜 일이 되었다. 현실을 다시 보니 나는 이미 사랑받는 행복한 엄마였다.

임신을 하고 결혼 생활을 하는 동안 남편에게 흘러넘치는 사랑을 받았고, 아이에게도 무한한 사랑을 받고 있다. 나에게는 눈에 넣어도 아프지 않을 두 아이가 있고 온전한 가족이 있다. 그동안 엄마이기에 경험했던 모든 순간들이 이제야 고맙고 소중하게 느껴진다.

비록 수술 후유증으로 아직도 몸이 피곤하고 힘들지만, 아이들이 있어 움직일 수 있고, 내게 혼나도 이내 달려와 안기는 아이들 덕분에 마음이 따뜻해지는 것을 느낀다. 아이들이 "엄마, 사랑해"라고 말할 때면 얼마나 귀엽고 사랑스러운지…. 또 내가 무슨 일을 해도 늘 나를 지지해 주는 내 편이 있으니 마음이 항상 든든하다.

육아에는 인생의 희노애락이 담겨 있다. 기쁨과 노여움, 슬픔과 즐거움이 아이를 통해 묻어져 나온다. 아이로 인해 기뻐서 웃고, 참고 참다 욱하는 마음에 화를 내기도 하고, 아이의 잠든 모습을 보며 미안함에 울기도 한다.

누구나 처음하는 육아는 서툴고 어렵다. 나도 육아를 하면서 상처받고 무너지는 순간들이 있었다. 10여 년이 지나 이제야 겨우 엄마가 되는 길에 서 있는 느낌이다. 여자에서 엄마로, 한 단계 앞으로 나아가려 한다.

나의 이름이 아닌 누군가의 엄마로 불리는 새로운 삶이 주는 소소한 행복이 눈앞에 있다. 이러한 내 육아 이야기는 사실 조금은 민감하고, 어려운 이야기가 많아 사람들 앞에 내놓기 쉽지 않았다. 하지만 지금도 나와 같은 아픔을 겪고 있는, 마음고생 육아의 굴레를 벗어나지 못하는 엄마들이 있을 것이다.

나처럼 어쩔 수 없는 상황이라 독박 육아를 해야 하는 엄마, 몸이 아파서 육아하기 힘든 엄마, 특히나 남들과는 다른 성향을 가지고 태어난 아이의 엄마들에게 내 경험이 위로가 되기를 바란다. 아픈 엄마의 아픈 아들, 그 속에서 찾은 꿈 이야기를 통해 육아의 힘듦을 함께 나누고, 엄마도 꿈을 가지고 이뤄갈 수 있다고 응원하고 싶다.

과거에는 육아로 힘들었지만, 지금은 꿈꾸며 엄마의 삶을 살아가고 있다. 그 속에서 나를 지지해 주는 가족이 있어서 행복하다. 엄마라는 위치에서 아이들과 함께 행복할 수 있어서 감사하다. 아직 많이 남은 나의 삶과 우리 아이들의 삶을 위해 함께 나아갈 수 있음이 얼마나 즐거운 일인지. 나는 오늘도 꿈꾸며 살아간다.

엄마가 된 기쁨을 듬뿍 누리는
손유리

차례

4장

엄마 10년, 조금씩 보이는 길

5장

이제 겨우 엄마가 되어 간다

6장

오늘은
찬란한
꿈을 꾸는 중

에필로그

1장

엄마처럼
살기 싫어
반대로만 했다

곁에 있는 엄마가
되고 싶었다

어릴 적 우리 엄마는 늘 바빴다. 학교에서 돌아오면 보통 집에는 나 혼자뿐이었다. 텅 빈 집에서 혼자 보내는 시간은 너무나 무섭고 싫었다. 게다가 벌레라도 나오면 화장실도 못 가고 방문을 걸어 잠근 채 꼭꼭 숨어 있었다.

겉보기에는 말도 잘하고 활발하며 강한 아이 같았지만, 실은 또래 아이와 다름 없는 겁 많은 어린아이였다. 어릴 때는 엄마가 속상해할까 봐 말은 못 했지만, 나는 엄마가 집에 있기를 바랐다. 하지만 우리 집은 형편이 어려워 엄마는 일해야만 했다.

그 시절에는 아빠가 공장을 운영하던 때라 공장에 딸린 단칸방에서 우리 네 식구가 함께 지냈다. 이사도 자주 다녔는데 어디로 가든 단칸방이거나 작은 방 하나가 겨우 있는 방 두칸짜리 집이었다. 우리 가족의 단칸방 생활은 꽤 길었다.

엄마는 새벽부터 일어나 연탄보일러의 연탄을 갈고 밥을 짓고 반찬을 만들었다. 엄마 얼굴을 볼 수 있는 시간은 아침저녁으로 잠깐씩뿐이었다. 나는 늘 바쁘게 생활하는 엄마가 싫었다.

'다른 친구들처럼 집에 엄마가 있으면 얼마나 좋을까?'
'학교에서 돌아오면 엄마가 간식도 챙겨 주고, 온화한 얼굴로 나를 맞아 주면 좋겠어.'

어린 마음에 학교에 잘 차려입은 친구의 엄마가 오면 너무 부러웠다. 생활에 바빠 푸석해진 맨얼굴에 편하기만 한 옷차림의 우리 엄마와는 너무나 달랐기 때문이다. 우리 엄마도 잘 가꾼 아름다운 여자처럼 보이기를 바랐다.

우리 엄마는 스무 살에 일찍 결혼하고 오빠와 나를 낳았기 때문에 내 친구 엄마들보다 젊은 편에 속했다. 꾸미고 다니면

충분히 예쁜데 엄마는 그저 둥근 파마 머리에 화장도 안 하고 다녔다.

그런 내 기억 한편에도 예쁜 우리 엄마에 대한 추억이 하나 있다. 그날은 고등학교 진학 상담이 있던 날이었다. 중학교 3학년 담임선생님을 뵙기 위해 엄마는 화장을 하고, 옷을 곱게 차려입고 학교에 왔다. 참 곱고 예뻤던 그날의 엄마는 아직도 생생하다.

고등학생이 되고 사춘기를 거치면서 나는 더 또렷하게 엄마의 모습을 보았다. 어른들의 말을 통해 집안이 돌아가는 사정을 조금씩 알게 되었고, 집안 대소사에도 관심을 두었다.

우리 집은 종갓집이었고, 아빠는 삼 형제 중 장남이었다. 매년 명절을 제외하고도 다섯 번의 제사가 있었다. 일찍 돌아가신 할아버지를 대신해 아빠와 오빠는 늘 제사에 참석했다. 장남이고 장손이니 30년 전만 해도 당연하고 자연스러운 일이었다.

제사 음식은 할머니 댁에 모여서 마련했는데, 거의 엄마가 준비했다. 늦게 온 작은엄마는 조금 거드는 듯하더니 앉아서 쉬기 일쑤였다.

할머니는 뭐든 엄마를 시켰고, 엄마는 잠시 앉아 숨 돌릴 시간조차도 없어 보였다. 그런데도 할머니는 툭하면 엄마를 트집 잡았다. 머리 모양부터 옷차림, 행동 하나하나까지도 간섭하고 타박했다. 그뿐만 아니라 오빠와 나에게까지도 지청구를 심하게 했다. 할머니는 티가 나도록 사촌동생을 편애했다. 나는 어린 마음에도 차별받는다는 느낌에 상처를 받았다.

큰집과 작은집에 대한 할머니의 차별은 심각했지만 그 누구도 문제 제기는 하지 않았다. 부모님은 할머니가 집안 어른이니 참을 수밖에 없다고, 그것이 예의라고 말했다. 지금도 그 이유가 완전히 이해가 안 되지만, 그 시절은 가부장적이었고, 그만큼 어른들에 대한 예의를 중시하던 시절이었으니 그럴 수밖에 없었겠다는 생각도 든다. 그 시절 엄마는 세월이 흘러도 그렇게 내 가슴속에 남았다.

나는 엄마 슬하에 크면서 겪은 슬픔을 내 아이들에게는 겪게 하고 싶지 않았다. 엄마는 늘 집에 있어야 하고, 언제나 아이와 함께하는 것이 좋다고 생각했다. 그래서 나는 결혼한 후 일을 그만 두었고, 육아와 살림만 하면서 주부 생활을 했다. 그것이 엄마로서 할 수 있는 최선이라고 생각했다. 내가 집에서 아이를 키우면 자연히 행복한 가정을 이루며 살 수 있다고 믿었다. 내가 어릴 적에 엄마가 집에 없어서 받았던 상처를 그렇게 풀어 갔다.

늘 엄마처럼 살지 않으려 엄마와 반대되는 방식으로 아이를 대했던 것 같다. 청개구리처럼 뭐든 반대로만 생각하고 대입했다. 아니, 육아뿐 아니라 내 생활 전반에 걸쳐 나타난 태도였다. 그저 엄마랑 반대로 하면, 불쌍한 엄마의 삶이 아닌 그 반대편에 놓인 삶을 살 수 있으리라 믿었다.

'집에 있는 엄마, 아이를 늘 살뜰히 살피고 돌보는 엄마, 여행과 외식을 자유롭게 하며 남부럽지 않게 사는 엄마, 아이들에게 최고의 것을 해 주는 엄마가 되어야 해.'

그런데 아니었다. 아이에게 좋은 영향을 주고, 아이가 나와 같은 삶을 살지 않으리라 믿으며 육아를 했는데, 내 믿음은 육아를 하면 할수록 무너져 갔다. 집에 있는 엄마가 되면 모든 것이 해결되리라 생각했지만 결국 나는 집에 있으면서도 아이에게 사랑을 다 주지 못해 또 다른 결핍을 만들었다.

그뿐만이 아니라 육아를 하다가 순간순간 내 모습에서 엄마의 모습을 발견했다. 어떤 순간에 내가 엄마와 같은 말투, 행동을 하는 것이 보였다. 그러면서 우리 엄마가 엄마여서 맞닥뜨렸던 어쩔 수 없는 상황, 그럴 수밖에 없었던 이유를 조금씩 알게 되었다.

　내가 겪었던 결핍을 아이에게 주고 싶지 않아서 우리 엄마 같이 살지 않겠다고 반대 방향으로 나아갔지만, 그것은 육아에 대한 정답도, 진짜 내 인생에 대한 정답도 아니었다.

엄마와 나는
다른 사람

시댁이나 남편과의 사이에서도 나는 늘 엄마의 삶을 의식했다. 시어머니에게 인정받지 못하고, 손아래 동서와의 부당한 차별을 받아들인 엄마, 외도를 일삼는 아빠를 이해하고 다시 받아 주는 엄마를 떠올렸다. 어린 나로서는 정말 이해가 되지 않기에 '나는 그렇게 살지 않겠다'라는 마음이 깊었다. 그 탓에 결혼 후 늘 어떤 상황이든 엄마의 삶에 대입시켜 미리 걱정하고, 미리 차단했다.

가만히 있는 남편에게 나는 당신이 외도를 하면 이혼할 것이라고 미리 협박을 하고, 그 협박은 나 자신에게도 이어져 진짜 그러한 상황이 오면 어떻게 할지 모든 계획을 머릿속에 집어넣고 있었다. 친정 이야기를 알면 혹시나 시어머니가 나를 무시할까 봐 되도록 숨겼다.

손아래 동서가 들어왔을 때도 마찬가지였다. 내심 시어머니 눈에는 나보다 어린 동서가 여러 면에서 낫고, 더 예쁠 것이라고 생각했다. 그렇게 시어머니가 손아래 동서를 편애하리라고 미리 단정했다.

마치 우리 엄마의 삶을 이어서 살기라도 하는 듯, 내가 제2의 엄마가 된 듯 생각하고 행동했다. 자격지심은 끝이 없었다. 그렇게 혼자 생각하고, 스스로를 상처 내며 살았다.

그러다 어느 날 책에서 나와 비슷한 처지에 놓인 다른 사람들의 이야기를 읽었다. 그들의 삶의 경험담을 듣고 배우며 깨달았다. 나와 엄마는 전혀 다른 사람이고, 내 인생과 엄마의 인생도 전혀 다르다는 사실을….

내가 같이 사는 사람은 우리 아빠가 아니고, 시어머니로 모시는 사람은 할머니가 아니었다. 꽤 오랜 시간이 걸려 이 사실을 깨달았다. 이후부터는 삶이 조금씩 편해지기 시작했다. 더는 엄마처럼 살까 봐 의심하고 불안해하지 않고 점점 행복을 느끼게 되었다. 늘 '사랑한다'고 말해 주는 남편, 모든 일에 조건 없는 지지를 해 주는 시어머니가 곁에 있음을 알았다. 삐딱하게만 보이던 동서를 그제야 있는 그대로 볼 수 있었고, '형님'이라고 밝게 부르며 늘 웃는 얼굴로 이야기하는 동서가 가족이라는 사실을 알게 되었다. 내가 나의 적이었을 뿐, 내 주위는 내 편이 참 많았다.

엄마로 살아 보니 이제는 알 것 같다. 누군가의 삶을 오답이라 보고 무조건 그 반대를 대입시키고는 정답이라고 기대한 것이 얼마나 어리석은 행동이었는지 깨닫는다.

이제야 그때의 상황에서 엄마가 왜 그렇게 살았는지 이해가 된다. 엄마의 모습이 여자로서는 가엽기도 하고, 딸로서는 대단하다는 생각이 든다. 지금도 여전히 엄마의 삶은 녹록치 않은 것 같은데도 그저 "이것만으로도 괜찮다"라고 하는 엄마가 존경스럽다.

누군가의 삶을 오답이라 보고

무조건 그 반대를 대입시키고는

정답이라고 기대한 것이

얼마나 어리석은 행동이었는지 깨닫는다.

스스로 썼던
불행 시나리오

어릴 때 우리 집은 늘 생활고에 시달렸고, 거기에다가 아빠의 폭력과 외도는 언제나 부부 싸움으로 이어졌다. 부모님은 소리 지르고 욕하며 격렬하게 싸웠다. 내가 열 살 때는 부모님이 싸우다가 "다 같이 죽자"고 한 날도 있다. 그날의 기억이 아직도 생생하다. 어른들을 말릴 힘이 없었던 어린 나는 다만 부모님의 전쟁을 무기력하게 지켜볼 수밖에 없었다. 울면서 싸움이 끝나기만을 기다리던 시간은 공포였고 나의 자그마한 세계의 종말이었다.

매일같이 싸우는 부모님은 내게 불행이었다. 나는 부모님의 불행이 나에게 이어질까 봐 두려웠다. 가장 반항심이 컸던 중학교 2학년이었을 때, 술에 잔뜩 취해 집안 살림을 부수는 아빠에게 떨리는 마음으로 한 마디를 던졌다.

"딸은 엄마 팔자를 닮는다는데, 내가 엄마처럼 아빠 같은 남자 만나서 결혼하면 좋겠어?"

그때 아빠가 눈물을 글썽이며 내게 말했다.

"너는 어떻게 그런 말을 할 수가 있니?"

나는 딸이 귀한 집에서 태어나 아빠 사랑을 많이 받고 자랐다. 아빠는 엄마에게는 가부장적이고 독선적이고 강했지만 내게만은 한없이 부드러웠다. 아빠는 내가 잘못해도 싫은 소리 한마디 하지 않았고, 매를 드는 일은 더더욱 없었다. 꽁한 성격의 딸이 엇나갈까 부러 피했는지도 모른다.

우리 집은 밤 9시가 통금 시간이었는데, 나는 사춘기 때 반항심에 그 시간을 훌쩍 넘겨서 놀다 늦게 들어가고는 했다. 그런 다음 날 아침이면 어김없이 재떨이에는 담배꽁초가 가득했다. 아빠는 자지도 않고, 내가 들어오기만을 오매불망 기다렸던 것이다. 불안하고 걱정되는 마음으로 담배만 연신 태우면서 말이다.

아빠는 그렇게 내게 잘 대했지만 그렇다고 내가 아빠로부터 상처받지 않은 것은 아니었다. 늘 아빠의 폭력으로 고통받는 엄마의 모습을 지켜봐야만 했고, 그것 자체가 내게 가해진 또 다른 폭력이었다. 뇌리에 남은 장면들은 깊은 상처가 되었다. 그렇게 나는 아빠의 폭력성으로 힘든 기억을 안은 채, 엄마가 되었다. 내 아이에게 같은 상처를 물려줄까 봐 늘 불안해하는 엄마로 말이다.

내 아이들에게만은 좋은 엄마가 되고 싶었다. 좋은 부모의 그늘 아래서 행복하게 살게 해 주고 싶었다. 자신의 상처를 아이에게 물려주고 싶은 부모가 세상 어디에 있으랴. 나도 아이를 가진 그 순간부터 '내 어린 시절의 아픔을 아이에게만은 절대 물려주지 않을 거야'라고 결심했다. 과거에 내가 겪었던 아픔을 아이가 겪지 않도록.

그런데 노력이란 것의 대부분은 아직 일어나지도 않은 일을 미리 걱정하고 미리 막으려는 것이었다. 혹시 내 머릿속에만 있던 생각이 현실로 나타났을 경우를 대비해 차후 어떻게 처신하겠다는 계획까지 세웠다. 그 모든 상황을 구상하며 나만의 '불행 시나리오'를 썼다. 불행 시나리오는 가뜩이나 과거의 문제까지 안은 채 살아가는 나를 더욱 괴롭혔다. 늘 미래에 대한 부정적인 생각에 초점을 맞추고 있었으니 현실도 그만큼 더 힘들 수밖에 없었다.

불화가 끊이지 않았던 우리 부모님은 결국 내가 스물세 살때 이혼했다. 아빠의 폭력으로 병원에 입원해 있던 엄마를 피신시킨 어느 날이었다.

더는 아빠의 폭력을 견딜 수도 없고, 서로에게 상처만 주는 가족으로 사는 것도 무의미하다는 생각이 들었다. 부모님도 당신만의 인생이 있는데, 다 큰 자식들 때문에 어쩔 수 없이 산다는 것도 말이 안 되는 것 같았다. 성인이 된 내가 우리 부모님을 위해서 할 수 있는 최선이라 생각해서 부모님의 이혼을 진행했다. 그 최선이 내 인생 최고의 아픔이 될 줄은 상상도 못 한 채….

더 이상
아프지 않다

분가 후 얼마 지나지 않아서 남편과 다툰 적이 있었다. 처음에는 사소한 말다툼이었는데 서로 마음을 상하게 할 만한 독설이 오갔고 감정은 격해져만 갔다. 그때 남편이 앉아 있는 나를 향해 손에 들고 있던 물건을 던졌고, 그 물건은 내 다리에 정확히 맞았다.

사실 많이 아프지는 않았지만, 남편이 내게 물건을 던졌다는 행동 자체를 참을 수 없었다. 그때 내 눈에는 이미 남편이 친정아빠로 보였다. 남편이 고의는 아니라고 했지만, 나는 순간 내 몸에 스친 물건 하나에 어린 시절 보았던 폭력적인 친정아빠가 떠올랐다. 그 폭력의 끝이 얼마나 처참했는지를 알고 있었기에 견딜 수가 없었다.

나는 일어서서 책상 위 모니터부터 시작해 모든 물건을 손으로 쓸어내리며 화를 내기 시작했다. "어떻게 나한테 물건을 던질 수 있어? 내가 맞았으니 이건 폭력이야!"라고 하며, 온 집 안을 난장판으로 만들었다.

결국 나의 공포를 먼저 눈치챈 남편이 미안하다며 진정시켰고, 싸움이 종료되었다.

내가 다르게 대응할 수도 있는 일이었다. 그런데 남편이 던진 물건에 맞았다는 사실 하나가 나의 어린 시절의 트라우마를 불러왔다. 마치 타임머신을 타고 어린 시절 그날로 돌아가 나는 친정엄마가 되고, 남편은 친정아빠가 되어 부부 싸움을 하는 듯했다. 그러니 우리의 부부 싸움이 나에게는 얼마나 공포였는지 모른다. 남편이 빨리 말리지 않았다면 공포는 더욱더 커졌을 것이다.

어린 시절, 부모님의 삶에서 가난과 불신과 폭력을 보았기에 행복한 기억보다는 불행한 기억이 더 많다. 부모님의 이혼은 내가 성인이 된 뒤였음에도 내가 겪은 최대의 아픔이었다.

그래서 결혼에 대한 환상이 없었고, 자식에 대해 별로 생각해 보지 않았다. 그랬던 내가 서른에 결혼하고 아이를 낳아 키우다 보니, 육아를 하면서 순간순간 나의 어린 시절이 떠오르면 가슴이 답답하고 아팠다.

이미 한참이나 지난 일이지만 생생하게 기억날 때면 그 공포는 말로 다 할 수 없다. 정말이지 내가 받은 어린 시절의 이 아픔만은 아이들에게 물려주고 싶지 않았다.

결혼 전에 남편과 나는 이런저런 얘기 끝에 부모님과 어린 시절의 아픔에 관한 깊은 대화를 나눈 적이 있었다. 그때 놀랍게도 '아버지의 폭력'이라는 같은 상처가 있음을 알게 되었다. 폭력을 맞닥뜨린 구체적인 상황이나 대처 방법은 달랐을지 몰라도 우리는 같은 아픔을 가지고 있었다.

연애할 때 나와 말다툼 한 번 제대로 하지 않았던 남자라 이런 아픔을 간직하고 있을 줄 상상도 하지 못했다. 다행히 폭력에 대해서는 서로 생각하는 바가 같았고, 결혼 전 우리가 가지고 있는 폭력의 아픔만은 되풀이하지 말자고 다짐했던 기억이 떠오른다.

폭력에 대한 기억과 공포는 가슴 깊숙이 묻혀 있다가 어디서 언제 나타날지 알 수 없었다. 원가정에서 일어난 폭력으로 인한 마음의 문제는 잘 들여다보고 반드시 해결해야만 했다. 어느 순간 나타나 현재의 나에게, 그리고 내 아이들에게 상처를 주게 될지 모르는 일이었기에….

남의 시선 따위
개나 줘 버려

'너는 아이니까 그렇게 하면 안 되지.'
'사람들 많은 곳이니까 울면 안 되지.'
'너는 학생이니까 그렇게 입고 다니면 안 되지.'

내가 어릴 때부터 부모님 혹은 선생님으로부터 들어 왔던 무수히 많은 '…하면 안 되지'의 말뜻은 결국 다른 사람들의 시선과 기준을 의식하라는 것이었다. 그것이 예의라 배우며 살았다.

고등학교 시절 짧은 옷을 입고 외출했다가, 그 사실을 친구분 전화로 알게 된 아빠에게 엄청나게 혼났던 기억이 난다. 단지 내가 원하는 옷을 입고 싶어서 입었을 뿐인데 부모님은 화를 냈다. 또 언제인가는 사람들 많은 곳에서 소리를 내 울었던 적이 있었는데 그때 엄마는 이렇게 말했다.

"사람들 많은 곳이야. 뚝 그쳐."

엄마는 내가 왜 우는지에 대해서는 관심이 없었다. 그저 다른 사람들이 불편해할까 봐 무서운 표정으로 나를 다그쳤다. 그 외에도 여러 비슷한 상황이 있었다. 부모님의 마음에는 늘 '남들이 뭐라고 할지도 몰라'가 기본적으로 깔려 있었다. 그저 남들 눈을 신경 쓰고 의식하고 눈치를 보며 사는 것이 당연한 듯했다. 그것이 예의이기 때문에….

나는 그렇게 배우며 자랐고, 그로 인해 내가 원하는 것, 내 기준보다 다른 사람이 원하는 것, 다른 사람의 기준을 우선으로 두었다. 나의 모습이 어떻게 비춰질까 늘 남의 시선을 의식하며 살았다.

그런 내가 아이를 낳아 육아를 시작했을 때, 오죽했을까.

나는 아이의 모습까지 두 배로 더 남을 의식했다. 아이의 옷, 장난감, 육아용품, 심지어는 전집에 이르기까지 모든 것을 남들이 보기에 뒤처질까 봐 그들을 따라 했다.

혹시나 우리 아이가 다른 아이들보다 부족해 보이지는 않을까 걱정이 되어 늘 좋은 것만 보고 찾아다녔다. 첫째 아이를 키우면서 결혼 전에도 잘 안 다니던 백화점을 수시로 다녔다. 아이 얼굴에 바를 크림 하나도 백화점에서 사서 썼다. 이유식에 들어갈 고기는 비싸도 무조건 한우였다. 왠지 미국산을 쓰면 아이를 덜 생각하는 무지한 엄마로 보일까 신경이 쓰였기 때문이다.

아이 첫돌쯤 전집을 들여놓은 것도 그런 이유였다. 조리원 동기 모임을 갔는데 다들 전집 하나씩은 있는 듯했다. 그래서 집으로 돌아오자마자 눈에 띄는 전집을 바로 구매했다. 전집을 사고 얼마나 후회를 했던지.

내가 원하거나 아이가 원해서가 아닌 남들에게 괜찮아 보이기 위해 한 행동이었다. 특히 첫째 아이 육아를 하면서 더 많이 그랬다.

아이를 데리고 밖에 나갈 때면 남의 눈치를 보느라 더 바빴다. 아이가 울면 정색하면서 "울지 마. 뚝 그쳐"라고 했고, 아이가 소리 지르거나 뛰기라도 하면 화를 냈다. 분명 아이의 울음에는 이유가 있었을 텐데, 아이를 무섭게 해서라도 울음부터 그치게 만들어야 했다.

아이 옷에 작은 얼룩이라도 보이면 바로 갈아입혔고 외출할 때면 여러 벌의 옷을 챙겨 나갔다. 아이에게 조금이라도 뭐가 묻기라도 하면 바로 닦아 줘야 직성이 풀렸다. 아이라 옷이나 얼굴에 무언가를 묻히는 것은 당연하고 아이니까 좀 더러워 보여도 괜찮았을 텐데, 나는 다른 사람들 눈에 지저분한 아이로 보이는 것이 너무도 싫었다.

지금 생각해 보면 아무렇지도 않고 이해가 될 일을 왜 그리도 남의 시선을 의식했는지 모르겠다. 그때의 나는 왜 그렇게 남의 시선이 불편했을까?

습관이란
참 무서운 거더군

남을 의식하는 버릇은 습관이 되어 쉽게 고쳐지지 않았다. 너무 오래된 습관이라 머릿속에 꽉 박혀 있었다. 그러다 첫째 아이가 농촌 유학을 가면서 조금씩 내려놓을 수 있었다.

우리는 도시에서 힘들어 하는 아이를 위해 농촌에서 생활하도록 아이를 유학 센터에 보낸 적이 있다.

유학 센터는 아이가 숙소에서 생활해야 하기 때문에 부모가 종일 아이를 돌볼 수 없는 곳이다. 유학 센터에 있는 아이들은 모두 부모 품을 떠나 센터의 규율에 맞게 생활한다.

그곳의 아이들은 뭐든 스스로 했다. 옷을 찾아 입는 것, 밥을 먹는 것, 자기 방을 정리하는 것, 씻는 것 심지어는 세탁하는 것까지 했다. 아이들이 직접 세탁기를 돌린 뒤에 옷을 널고, 마르면 개어서 자기 서랍에 넣었다. 물론 저학년 아이들은 고학년 아이들이나 선생님의 도움을 받으면서 지낸다.

만약 내가 함께 있었다면, 매일같이 씻으라 잔소리하고, 옷에 구멍이 나거나 내 기준에 외출복으로 적당하지 않으면 마음대로 바꿔 입혀서 보냈을 것이다. 그런데 센터 생활을 하니 내가 관여할 수도, 간섭할 수도 없었다.

그래서 아이가 더 좋아했다. 뭐든 선택의 권한을 주니 아이 입장에서는 이때만큼 편하고 자유로웠던 적이 없었을 것이다. 그렇게 아이를 자유롭게 해 주면서 나 또한 남의 시선으로부터 조금씩 자유로울 수 있었다.

아이가 농촌 유학 센터에 입소하고 한 달쯤 지나서 학교 행사로 방문했을 때였다.

아이를 보았는데 아이의 옷차림은 놀라움 그 자체였다. 비싸게 주고 산 브랜드 옷이 얼룩덜룩해져 있었고, 바지에는 구멍까지 나 있었다. 날씨가 춥다고 겹겹이 얇은 옷을 걸치고 나온 모습은 가관이었다. 며칠이나 감지 않았는지 머리카락은 떡이 져 있었고 냄새도 났다. 방에 가 보니 친정아빠가 입학 선물로 사준 고급스러운 책가방은 방구석에서 천대받고 있었다. 한숨이 절로 나왔다. 참지 못하고 내가 아이를 혼내자, 그 모습을 보고 담임선생님이 말했다.

"어머니, 그냥 두세요. 아이들 좀 안 씻어도 괜찮습니다. 찝찝하다 생각되면 아이 스스로 씻어요. 냄새 좀 나면 어때요? 우리 어릴 땐 지금처럼 자주 씻고 다니지 않았어요. 엄마와 떨어져서 아이들이 제일 하고 싶은 것은 다름 아닌 안 씻는 거예요. 아무 문제없으니 걱정하지 마세요. 그리고 아이에게 비싼 옷 사서 보내지 마세요. 보시다시피 아이들은 학교에서 신나게 뛰어놉니다. 놀다 보면 바지에 구멍도 나고, 옷이 금세 해져요. 비싼 옷이든 싼 옷이든 마찬가지입니다. 그냥 아이가 편히 뛰어놀 수 있도록 싸고 편한 옷으로 보내 주세요."

선생님의 말씀은 듣고 보니 다 맞는 말이었다. 나는 여전히 아이가 남들에게 어떻게 보일지, 쓸데없는 신경을 쓰고 있었다. 아이가 안 씻어도, 싼 옷이어도, 구멍 난 옷을 입어도 아무도 신경 쓰지 않는데 말이다. 아이가 편하면 그만인 것을.

선생님의 말은 남의 시선에 갇혀 있던 내게는 새로운 깨달음이었고, 조금씩 남을 의식하는 불편함에서 벗어나는 순간이었다.

아이가 농촌 유학 센터에서 생활하는 동안 나는 아이에게 잔소리를 하지 않게 되었다. 아마 아이도 엄마의 잔소리를 듣지 않아 좋았을 것이다. 그렇게 아이의 농촌 유학을 계기로 나는 하나씩 내려놓기를 실행했다.

아이를 자유롭게 해 주면서
나 또한 남의 시선으로부터 조금씩 자유로울 수 있었다.

육아에는
정석이 없다

아이를 낳기만 하면 내가 바라는 대로 잘 크리라 믿어 의심치 않았다. 내 아이가 드라마 속 주인공처럼, 텔레비전에 나오는 연예인처럼, 신문에 나오는 성공한 누군가처럼 그렇게 남들보다 더 빛나는 삶을 살아갈 수 있을 줄 알았다.

아이는 '무한계 인간'이라 무한한 가능성이 있다는데, 내 뱃속에서 나온 내 아이는 왠지 더 잘 될 것만 같았다. 나는 평범한 아이에게 평범하지 않은 누군가의 인생을 대입시켜 육아를 시작했다.

'남 부러울 것 없는 아이로 키워야지. 할 수 있는 모든 것을 다 해 줄 거야. 기필코 좋은 엄마가 될 거야.' 어쩌면 나는 내가 '나쁜 엄마'가 될까 봐 불안했는지 모른다. 어려서부터 부모님께 불만이 많았고, 그래서 늘 무엇에도 만족하지 못했다. 이런 형편없는 내가 엄마가 되어 아이를 잘 키울 수 있을지 걱정이 되었다. 그래서 육아서를 열심히 읽었다. 훌륭한 부모는 자녀들을 어떻게 키웠는지 배우고 싶어서였다.

김유라 작가의 《아들 셋 엄마의 돈 되는 독서》의 한 대목이다. 나도 그랬다. 많은 육아 지침서를 읽고, 육아에 관련된 기사를 찾아보고, 강연을 들었다. 거기서 아이를 잘 키우는 방법을 배우고 싶었다. 그런데 아이를 잘 키우는 부모의 역할을 배웠어야 했는데 나는 조금 빗나가, '좋은 결과'에 먼저 초점을 맞췄다. 영재로 자란 아이들의 엄마가 '좋은 엄마'인 것 같았다. 내가 그들처럼 한다면 내 아이도 영재가 될 수 있을 것이라는 생각도 들었다.

좋은 엄마가 되고 싶어 여기저기에서 알아낸 좋은 것을 모아 나만의 틀을 만들었다. 그 틀에 아이를 집어넣고, 찬란하게 빛날 아이의 미래를 상상하며 나 혼자만의 행복한 꿈을 꾸었다. 나와는 다른 아이로 자라길 바라는 마음이 너무 커 육아의 방향은 점점 초점이 빗나갔다.

  내 육아는 그렇게 고난 길을 걸었다. 그런데 알고 보니 주변의 모든 엄마가 육아를 힘들어 했다. 육아 지식이 풍부한 사람도, 아이가 둘이라 이미 육아를 거듭 경험하는 사람도 알고 보면 나름의 힘듦을 모두 조금씩 가지고 있었다.

  아이를 뱃속에 품고 가졌던 마음가짐이나 누구보다 잘 키우고픈 부모로서의 욕심, 내 아이의 미래를 상상하며 가졌던 환상이 실제로 아이를 기르면서 많이 무너진다. 결혼에 대한 환상이 결혼 생활을 하면서 깨어지는 것처럼….

  육아란 절대 엄마가 마음먹은 대로만 되지 않았다. 육아는 엄마 혼자만 하는 것이 아니라 아이와 아빠, 환경이 함께 해 나가는 것이기 때문에 다양한 변수가 있었다. 변수 때문에 엄마들이 육아를 하면서 모두 시행착오를 겪는 것일 터.

  신생아 때 힘들게 하는 자녀, 크면서 힘들게 하는 자녀, 사춘기를 힘들게 나는 자녀, 성인이 되어서도 힘들게 하는 자녀가 있다고 해 보자. 신생아를 키우는 엄마는 어린이집 다니는 아이를 둔 엄마가 부럽고, 유치원 다니는 아이의 엄마는 초등학교 학부모인 엄마가 부럽지 않을까? 성인이 된 자식을 둔 부모가 전혀 신경 쓸 것이 없어 보여 편해 보이지만 속사정을 누가 알까? 자녀가 언제, 어느 시점에, 어떠한 문제로 엄마에게 숙제를 줄지는 미지수인 듯하다.

육아는 자칫 엄마의 기준으로 생각하고 판단해서 모든 것을 결정할 수 있다. 아이와 가장 가까운 곳에서 가장 많은 시간을 함께 보내는 사람이 엄마인 경우가 많기 때문이다. 엄마의 판단이 옳은지 그른지는 타인의 삶과 비교해서 알 수 있는 것이 아니다. 먼 훗날 내 아이가 성인이 되어 얼마나 편안하고 행복하게 살고 있는지에 따라 결정되는 것이 아닌가 싶다.

나는 그랬다. 아이를 향한 야무진 꿈은 아이를 키우면서 수많은 시행착오를 겪으며 수없이 수정되고, 지워졌다. 아이가 엄마의 꿈, 엄마의 욕심에 희생당하고 있다는 생각은 하지도 못한 채 흘러왔던 아이의 유년기…. 엄마란 아이의 인생에서 그저 조연에 불과한데, 주연인 양 인생 전체를 쥐고 흔들어 놓으려 했다. 주인공의 동의도 없이 말이다.

아이는 내 욕심대로 커 주지 않았다. 오히려 남들보다 더 느렸으며, 늘 실수를 달고 살았다. 나의 기대가 100이라면 아이는 50도 따라와 주지를 못했다. 내 욕심은 늘 다른 아이와 비교해 내 아이에게서 부족한 면을 찾아 냈고, 아이를 바보로 만들었다. 쓸데없는 욕심을 좀 더 일찍 내려놓았으면 좋았을 텐데, 부족했던 나는 무척이나 힘들었다.

살얼음판을 걸으며 살았던 그 시간 속에서 아이와 나는 불행했다. 나도 힘들었고, 아이도 힘들었다. 매 순간 끊임없이 노력했지만, 지나고 보니 그것은 그저 내 욕심이었다. 육아가 내 마음대로 되리라는 헛된 꿈을 꾸었다.

오랜 시간이 걸렸지만 이제야 깨달았다. 어차피 우리는 '이래도 걱정, 저래도 걱정' 하는 엄마들이 아닐까. 우리 엄마가 그랬듯 걱정하며 불안해하며 미안해하며 육아를 하겠지만 그래도 아이들은 잘 큰다. 누군가의 육아서는 아무리 훌륭할지라도 참고용이지 실행용이 아니다. 아이는 절대 육아서 그대로 커 주지 않기 때문이다.

아이는 자신만의 속도대로 큰다. 아이의 인생은 아이의 것이니, 부모라고 해서 내 뜻대로 결정하고 해 나가려는 마음은 버려야 한다. 마음먹은 대로 안 되는 것이 육아임을 깨달아 가고 있을 나와 같은 엄마에게 이 시를 전한다.

내려놓으면 된다.

구태여 네 마음을 괴롭히지 말거라.

부는 바람이 예뻐

그 눈부심에 웃던 네가 아니었니.

받아들이면 된다.

지는 해를 깨우려 노력하지 말거라.

너는 달빛에 더 아름답다.

− 서해진, 〈너에게〉

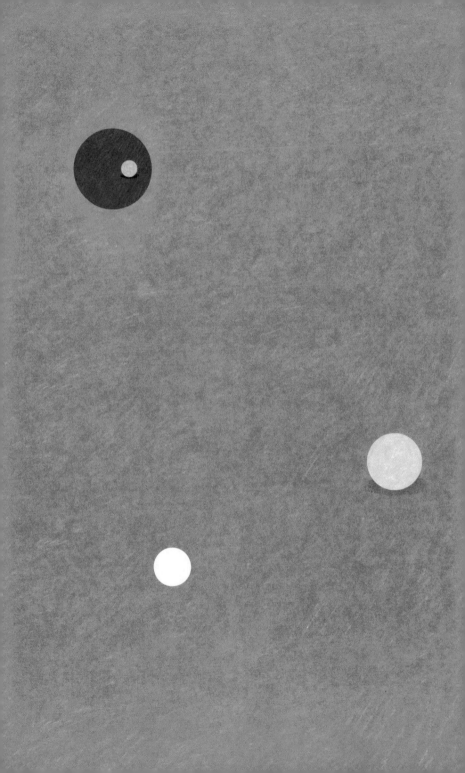

2장

엄마는
원래 이렇게
힘든 걸까

아기를 낳고
암에 걸렸다

아이를 낳고 한 달 뒤, 우연히 받은 병원 검진에서 갑상선에 이상이 있음을 발견했다. 곧바로 종합병원으로 이관, '갑상선암' 선고를 받았다.

어린 시절 감기도 잘 걸리지 않았을 만큼 건강을 자랑하던 나였다. 홍역으로 병원을 갔던 것을 제외하면 그간 살면서 병원에 방문한 횟수도 손에 꼽힐 정도였다. 성인이 되었을 때는 며칠 밤을 새우며 일을 해도 끄떡없는 강철 체력이었다. 그런 나에게 갑상선암 선고는 청천벽력 같은 소리였다.

'어떻게 이런 일이 일어난 거지? 그것도 갓난아이를 둔 나에게…. 하늘도 참 무심하시지.'

임신과 출산은 내 몸에 급격한 변화를 가져다 주었다. 몸무게가 17킬로그램 늘었고, 점점 커지고 무거워지는 배와 함께 10개월을 지냈다. 아이가 태어날 때 무게가 4킬로그램이었으니, 아이가 있던 내 몸속의 내장기관이나 골격이 제자리에 있었을 리가 없었다. 4킬로그램의 축구공을 배 속에 넣고 있다고 생각하면 이해가 될까.

아이를 만난 기쁨도 잠시, 한 달간 잠도 제대로 못 자는 신생아 육아를 한 뒤 우연히 찾은 병원에서 갑상선암 선고를 받은 것이다. 아이를 낳고 나서 아직 제자리를 찾지 못한 내 몸이 이번에는 암 수술을 겪어야만 했다.

모든 것이 우울했고, 부당하게만 느껴졌다. 이해할 수 없었고 받아들이고 싶지 않은 현실이었다. 하지만 슬퍼할 겨를도 없었다. 갑상선암을 확신하는 병원에서는 어서 수술을 하라고 재촉했다. 이제 겨우 한 달 된 신생아를 키우는 엄마로서 바로 수술을 받는 것은 쉽지 않은 결정이었다. 아기에게 조금이라도 더 모유 수유를 하고, 아이를 더 돌보고 싶었다. 병원에서는 말렸지만, 나는 고집대로 아이에게 먼저 집중하기로 했고, 수술 시기도 아이가 8개월이 되는 때로 미뤘다.

수술 후에는 아이를 따로 돌봐 줄 사람이 없었다. 남편의 이직으로 분가를 했고, 아이가 8개월 될 즈음부터는 연고가 없는 곳으로 이사까지 가서 회사 일로 바쁜 남편의 몫까지 독박 육아를 했다.

처음에는 가벼운 수술이라고 대수롭지 않게 여겼던 나는 여느 엄마들과 같이 혼자서 아이를 돌봤다. 그런데 생각보다 내 몸이 아파서 아이를 적극적으로 품지 못했다. 약을 먹었지만 부족한 칼슘과 갑상선 호르몬 수치의 이상으로 나날이 손발 저림과 피곤이 더하고 체력도 고갈되어 갔다.

설상가상 수술 후유증으로 불균형한 갑상선 수치와 현저히 낮은 칼슘 수치로 안면근육 마비까지 생겨 몇 번이나 응급실 행을 하기도 했다. 쉽게 생각했던 수술 후유증이 심각한 우울증으로 찾아왔다. 나는 처음으로 그런 큰 수술을 받았고, 수술 후 피곤함을 이기지 못했다. 그것이 아픈 것임을 인지하지 못한 채, 그저 쉽게 피로를 느끼고 지치는 내가 너무 싫었다.

자라면서 병원 한번 제대로 가보지 않을 만큼 건강이라면 자신만만했던 내가 살면서 이때만큼 병원을 많이 가본 적도 없다. 그럼에도 나는 아픔을 참고 또 참았다. 내가 아픈 것이 알려지면 다들 걱정할 것이 보여 아프다는 말 한마디도 제대로 하지 못했다.

그렇게 암 수술 후 독박 육아와 함께 찾아왔던 극심한 우울 증까지…. 나는 '환자'였다.

내가 미처 생각하지 못한 사이 첫째 아이는 내 곁에서 고스란히 이러한 나의 아픔, 고통을 다 보고 느끼며 자랐다. 바쁜 남편은 얼굴 한번 보기도 힘들었고, 말 붙일 사람 하나 없는 곳에서의 새로운 시작과 혼자서 하는 육아로 정말 외로웠다.

독박 육아의 길은 멀고도 험했다. 한 아이의 하나부터 열까지를 모두 돌보아 주어야 하는 엄마인 내가 갑상선암 수술 이후 피곤함에 지쳐 먼저 쓰러지는 일들이 생겼다.

아이가 클수록 엄마인 내가 해야 할 일들은 점점 더 많아졌다. 먹을 것, 입을 것 등을 해결해 주는 것뿐만 아니라 아이와 친구도 되어 주어야 했고, 인간관계에서 부딪힐 때 아이를 막아주는 방패도 되어 주어야 했다. 도와줄 사람이 없었기에 벅차도 홀로 다 해 나가야 했다.

아이가 클수록 나의 체력도 키웠어야 했는데 현실은 반도 따라가지 못했다. 체력이 채워지기는커녕 고갈되기만 했다. 암 수술로 늘 피곤한 나는 아이를 안아 주는 것조차 힘들었고, 아이의 사소한 행동에도 화를 내기 일쑤였다. '사랑한다'는 말은 고사하고 상냥하게 말해 준 일도 드물었다. 아이와 나, 단 둘의 생활에서 엄마인 나의 아픔은 우리 모두에게 고통을 안겨 주었다.

나는 순간순간 밀려오는 피곤함에 미칠 듯 힘들었다. 그 힘든 순간을 내색하지 않으려 애를 쓰다 더 많이 아팠다. 우리 엄마가 그랬듯 아픔을 내색하는 것은 수치라고 생각했다. 수술 후유증을 금방 훌훌 털어 낼 수 있을 줄 알았는데 그러지 못했다. 내 고통은 화가 되었고, 모든 불만의 씨앗이 되었다. 그렇게 아픈 엄마는 함께 있는 아이에게 아픔에 대한 화풀이를 했다.

피곤함에 지쳐 있는 나에게 아이의 실수는 반항이었고, 남들보다 몸집이 컸던 아이의 어리광은 내 체력으로는 받아 내기가 힘겨워 부담이었다. 부부 싸움 다음 날은 특히 아이가 '눈엣가시'였다. 아이 때문에 자유도 없이 집에만 묶여 있고 할 수 있는 일도 없다고 생각해서였다.

아이를 낳기 전과는 전혀 다른 내 삶이, 고통스러운 내 육신이 아이에게서 비롯한 것 같았다. 아이 때문이라며 늘 아이 탓을 했다. 바보 같은 원망을 아무 잘못 없는 아이에게 쏟아부었다.

극한 직업,
독박 육아

남편은 새벽 6시 반이면 출근을 하고, 저녁 9시가 되어야 퇴근을 했다. 주말도 따로 없었다. 일이 바쁘다 보니 아이는 집에 있는 엄마가 키우면 된다고 마음 편히 생각해 더욱 육아에 관심을 두지 않았다. 아이와 있는 시간이 거의 없었던 남편은 일주일 내내 얼굴 한번 보기조차 힘들었다. 남편은 아이와 나만의 육아 전쟁이 매일 치러지고 있는 줄은 전혀 모르고 있었다.

나는 하루하루를 '육아 전쟁터에서 살아남기'를 목표로 지냈다. 독박 육아, 폭풍 성장하는 아들, 미친 듯 밀려오는 피곤

사이에서 '육아 우울증'을 심하게 앓았다. 이러한 사실을 알 리 없는 아이는 체력이 좋아 집이나 밖이나 할 것 없이 늘 몸으로 부딪치며 격하게 놀기를 즐겼다.

아이의 몸집이 더 커지자 살짝만 뛰어도 집이 울렸다. 게다가 장난감까지 여러 가지 소리를 냈고, 집은 조용한 순간이 없었다. 아파트 생활을 하다 보니 아이가 집에 있으면 아래층 이웃들이 수없이 올라왔다. 좋은 말을 들을 리 없었다.

나는 죄송하다고 사과는 했지만 돌이 지나 이제 막 걸음걸이를 익혀 걷는 것이 재미있는 아이를 집에서 걷지 못하게 할 수도 없고, 까치발을 짚고 걸으라고 할 수도 없었다. 돌쟁이 아이들의 장난감은 아이의 오감을 자극하는 놀잇감이라 소리 나는 것이 대부분인데 그렇다고 아이가 노는 것을 어떻게 없애랴.

아이에게 매트 위에서만 놀아야 한다고 알려 주고, 앉아 있도록 책을 읽어 주기도 했다. 하지만 에너지가 넘치는 남자아이라 완전한 통제는 힘들었다. 이웃의 눈치가 보였던 나는 순간순간 아이를 혼내게 되었고, 아이는 늘 울었다. 우는 아이를 보면 속상하고 미안했다.

미안한 마음에 아이를 데리고 키즈 카페를 많이 다녔다. 활동적인 아이를 쫓아다닌다는 것이 쉽지는 않았다. 귀여운 짧은 팔과 다리로 어찌나 빠르게 도망치는지, 걷고 뛰고 기어오르는 수준이 챔피언급이었다. 내가 잠깐 딴생각을 하면 아이는 저 멀리 가 있었다. 아이들이 얼마나 빠르게 움직이는지 이 땅의 부모라면 모두 알 것이다.

그렇게 키즈 카페에서 벌이는 아이와의 추격전은 나의 일과였다. 키즈 카페는 나에게 막노동 현장보다 더 힘든 곳이었다. 아이와 키즈 카페에 가서 2시간을 놀다 오면 4시간의 노동을 한 것보다 더 힘들었고 지쳤다. 집으로 돌아오면 스트레스와 함께 피로가 몰려 왔다. 그럴 때면 무슨 일이 있어도 잠을 자야 할 만큼 힘들었다. 적어도 하루 한두 번 정도는 피곤을 이기지 못하고, 쓰러지듯 잠이 들고는 했다.

잠이 밀려올 때면 아이가 어리다 보니 아이에게 텔레비전을 틀어 주는 것 이외에는 딱히 할 것이 없었다. 어쩔 수 없이 텔레비전을 켜 주고 잠시 눈을 붙였다. 불안해서 깊이 잠들지는 못했다. 자는 시간은 5~10분 남짓, 그 잠깐 동안에도 아이는 나를 내버려 두지 않았다. 텔레비전을 보면서도 자고 있는 내게 와서 안기고, 징징거리며 잠을 깨웠다. 아이의 등살에 제대로 잠을 청해 볼 수도 없었다.

잠시 5분 정도 눈을 감았다 뜨면, 집안이 그야말로 난장판
이었다. 우유를 쏟고, 그 위에 휴지를 풀어 거실을 한가득 채
우고, 장난감은 여기저기 널브러졌다. 발 디딜 틈조차 없는
거실 바닥을 보면 한숨이 절로 나왔다. 내 아이가 나를 생각
해 주지 않는다는 생각에 서러워 울기도 했다.

'내가 아파서, 너무 피곤해서, 정말이지 누가 때려죽여도
잠을 자고 싶을 만큼 힘들어서 자려던 것인데. 어째서 내 아
들인 너는 나를 조금도 생각해 주지 않는 거지? 가만히 앉아
서 텔레비전 좀 봐 줬으면 좋겠는데…. 그 짧은 시간도 어째
서 가만히 있지 않는 거지?'

내 머릿속에는 무수한 생각들이 스쳤다. 나를 잠시도 쉬지
못 하게 하는 아이가 도무지 이해되지 않았고, 원망스러웠다.
말귀를 못 알아듣는 아이에게 말해 봐야 소용없었고, 말 못
하는 아이에게 화내 봐야 아이는 말없이 눈물만 글썽일 뿐이
었다.

아이를 훈육하고 다그치는 시간은 나에게 많은 피곤과 스

트레스를 가져다 주었다. 내 말에 따라와 주지 않는 아이를 어떻게든 바꿔 보려 안간힘을 썼다. 나의 노력에도 아랑곳하지 않는 아이에게 하루 열두 번도 더 널뛰기하는 감정을 드러내기도 했다.

안 그래도 갑상선 기능의 저하로 감정 기복이 심한 나에게 피곤과 스트레스는 독이었다. 스트레스를 받으니 피곤함은 두 배로 늘었고, 생각이 많아지니 숙면을 할 수가 없었다. 아침에도 몸이 무거웠고, 축축 처졌다.

눈을 뜨면서부터 이미 짜증이 나 있었다. 사라지지 않는 피곤이 나를 짓눌렀다. 그런 몸을 이끌고 아침부터 아이가 잠들기 전까지 오로지 나 혼자만 육아를 해야 한다는 것이 얼마나 지옥이었는지…. 나의 힘든 나날이 다람쥐 쳇바퀴 돌듯이 돌고 또 돌아가고 있었다.

꽃길만 걸을 줄 알았던 결혼 생활도, 마냥 행복할 줄만 알았던 육아도 너무 힘에 부쳤다. 육아라는 것이 이렇게 힘들 줄도 모르고 아이를 낳았다. 나는 아이를 좋아했기에, 아이를 잘 키울 거라 믿어 의심치 않았다. 아이가 내 계획대로 쉽게 커 주리라 생각했다. 낳기만 하면 아이가 알아서 크는 줄 알았다. 나도 그렇게 컸다고 생각했다. 그러나 대단한 착각이었고, 막연한 상상일 뿐이었다. 잘 키울 수 있다는 자만심은 늘 후회로 되돌아왔다. 후회의 시간은 자주 찾아왔고, 첫째 아이를 육아하는 동안 내 발목을 잡았다. 속에서 이 말이 계속 터져 나왔다.

'우라질! 세상에 육아만큼 '극한 직업'이 또 있을까?'

육아는 지루하고 힘든 극한 직업이다. 육아는 끝이 없는 기나긴 다큐멘터리이다. 출근해서 종일 일하고 야근까지 일해도 퇴근 시간이란 없다. 보수도 없으며, 업무 분야가 따로 정해져 있지도 않다. 집안일뿐만 아니라 아이와 관련한 여러 가지 일을 다 해내야 한다.

요리, 청소, 건강 관리, 친구 관리, 스타일링에 학습 지도까지 다방면으로 모든 일을 다 해내고 있으면서도 인정받기도 쉽지 않다. 아이의 재능이 발견되지 않는 이상 누구도 엄마의 성과를 인정해 주지 않는다.

육아도 문서 작성을 할 때처럼 '미리 보기' 기능을 이용할 수만 있다면 얼마나 좋을까? 지금의 상황을 미리 보기로 볼 수 있었다면, 미리 보기를 통해 잘못된 부분을 찾아내 다시 고쳐 나갈 수 있지 않을까? 그럼 좋았을 것이다. 내 삶도, 내 육아 방식도 고쳐 나가며 완성시킨다면 '전쟁터'가 아닌 '행복 터'가 될 수 있을 텐데….

육아는 지루하고 힘든
'극한 직업'이다.
육아는 끝이 없는
기나긴 다큐멘터리이다.

지독한
수술 후유증

아이 돌이 막 지났을 무렵, 남편 친구 결혼식에서 있었던 일이다.

그날도 여느 날과 다름없이 조금의 피로감이 있었다. 그래도 남편의 친한 친구 결혼식이고, 우리 결혼식에도 와 준 고마운 분들이라 참석했다.

결혼식이 모두 끝나고, 피로연 식사를 하러 가기까지 한 시간이 넘게 걸렸다. 그동안 체력 넘치는 아들은 결혼식이 진행되는 내내 소리 지르고 뛰려고 했다. 꽉 막힌 공간이라 더 답답했던 모양이다. 남들 눈치를 보며 말 안 듣는 아들을 달래

느라, 결혼식도 제대로 보지 못하고 적잖은 스트레스를 받았다. 그렇게 얼마 지나지 않아 얼굴에 경련이 조금 일어났다. 하지만 그리 심하지 않았고, 처음이라 심각성을 느끼지 못하고 대수롭지 않게 넘겼다.

그런데 피로연 자리에서 음식을 입에 넣는 순간 입술의 둔탁함이 느껴졌다. 잇몸에 마취 주사를 맞은 것처럼 입술을 깨물어도 감각이 둔했다. 안면근육의 마비가 진행되어 가고 있었다. 살면서 처음 있는 일이라 당혹스러웠다. 너무 놀란 나는 다른 사람들이 눈치 채기 전에 그곳을 빠져 나오고 싶었다. 식사도 제대로 하지 않은 채 남편에게 먼저 집에 가야겠다고 했다.

영문을 알 수 없었던 남편은 크게 화를 냈다. 나는 다급한 마음이 앞서 목소리에는 짜증이 섞여 있었고 얼굴은 일그러져 있었으니, 아마 남편 눈에도 그리 좋아 보이지는 않았던 모양이다. 막무가내로 집에 가겠다는 나를 말리지 못한 남편이 어쩔 수 없이 따라 나왔다. 나는 남편과 말다툼을 하며 주차장으로 내려 왔다.

아이를 안고 차에 타자, 남편이 원망 섞인 목소리로 전에 없이 크게 화를 내기 시작했다. 하필이면 절친한 친구의 결혼식에서 내가 돌발행동을 했으니 이해 못 할 일은 아니었다. 하지만 나는 내게 일어난 일을 감추고 싶어 같이 언성을 높여 싸웠다. 내 상황을 못 보고, 나를 몰라 주는 남편이 원망스러웠다.

'내 얼굴을 잠시만 봐도 알 텐데, 내 목소리에 조금만 귀 기울여도 이상하다는 것이 느껴질 텐데….'

싸움이 커지자 나는 점점 더 흥분했고 눈물과 함께 내 얼굴은 더 일그러졌다. 울다가 억울함을 참지 못하고 남편에게 말했다.

"당신은 내 얼굴이 이상해 보이지 않아? 내 목소리가 이상하지 않아? 나, 아파서 집에 가겠다고 한 거야. 내 얼굴에 마비가 와서, 이런 내 모습을 남들에게 보이고 싶지 않아서, 집에 가겠다고 한 거야."

그제야 남편이 내 얼굴을 바라보았다. 놀란 남편은 바로 병원으로 차를 몰았다. 병원을 가는 내내 서로 말이 없었다. 그렇게 싸움이 일단락되자, 나는 심호흡을 하며 흥분을 가라앉혔다. 아이를 꼭 안고서 나 자신을 달랬다.

우리가 도착한 종합병원 응급실은 너무 복잡했다. 진료를 받기까지 시간이 얼마나 걸릴지 예상하기조차 힘들 정도였다. 그나마 다행히 나는 조금씩 안정을 되찾았고, 얼굴 마비도 풀어지기 시작했다. 응급실에서 몇 시간을 기다리기보다는 집에서 쉬는 것이 훨씬 나을 듯했다. 나는 남편에게 괜찮으니 집으로 가자고 했고, 우리는 집으로 돌아와 쉬면서 그날 하루를 마무리했다.

그다음 날 갑상선암 수술을 받은 병원에서 연락이 왔다. 지난주에 한 피검사 결과가 좋지 않으니 지금 당장 병원으로 오라고 했다. 칼슘 수치가 일반인보다 현저히 낮아서 곧 마비가 올 수 있어 굉장히 위험하다고 주치의 선생님이 말했다.

'얼마나 심각한 상황이면 주치의 선생님이 직접 전화를 주셨을까.'

놀란 나와 남편이 병원에 도착하니 의사 선생님이 바로 처

방을 해 주었고, 나는 병원에서 3시간가량 칼슘 수치를 높이는 링거를 맞았다.

그 뒤로 나와 남편은 내 몸 상태가 좋지 않음을 인식했고 조심했다. 그러나 이후 3년 동안은 적어도 한 해에 한두 번은 응급실 신세를 지는 상황이 생겼다. 무리하지 않도록 조심하고 약도 꾸준히 챙겨 먹었지만, 늘 부족한 칼슘 수치와 낮은 갑상선 수치로 손발이 저리고 눈 떨림이 있었고 무한한 피곤을 느꼈다. 그런 증상이 심할 때면 온몸이 축 늘어져 움직일 힘조차 없어 종일 누워 있기도 했다. 그렇게 갑상선암 수술의 후유증은 꽤 오랜 기간 나를 괴롭히며 지속되었다.

갑상선암에
대한 외침

누가 그랬나. 갑상선암은 가벼운 암이라고, 예후가 좋다고…. 사람마다 차이는 있겠지만, 내게 갑상선암은 결코 가벼운 암이 아니었다. 수술하고 대개 2박 3일 뒤에 퇴원할 정도로 수술이 간단하고 예후가 좋은 것은 맞다.

그런데 갑상선암은 수술 이후, 손발 저림이나 눈 떨림, 안면근육 마비 등 여러 가지 후유증을 동반할 수 있다. 나 역시 그랬고, 병원에서 주는 약을 먹어도 금방 사라지지 않았다. 그도 그럴 것이, 신체 리듬은 하루하루가 다를 텐데 호르몬을 조절하는 갑상선의 기능을 매일 똑같은 용량의 약으로 수치만 맞추다 보니, 늘 좋은 몸 상태를 유지하기는 어렵다.

갑상선 전절제 수술을 해서 갑상선 기관이 없어진 나는 평생 갑상선 약을 먹어야 한다. 매일 약을 거르지 않고 먹으려고 노력하지만, 육아로 온종일 바쁜 일상을 보내는 엄마인 내가 매일 무언가를, 그것도 나를 위해 챙긴다는 것이 쉽지 않다. 살기 위해 꼬박꼬박 챙겨 먹는 것일뿐.

후유증이 한 가지 더 있다. 수술 방법을 택할 때, 나는 가장 기본적인 목을 절개하는 수술을 했다. 수술 자국이 안 보이도록 하는 수술법도 있었지만, 수술 뒤 2년 정도면 수술 자국도 목주름처럼 희미해질 거라는 병원 설명에 한 선택이었다. 그런데 아직도 수술 자국이 그대로 남아 있다. 수술 자국은 내 피부 특성상 어쩔 수 없는 것이었지만, 수술 자국 때문에 스트레스를 많이 받았다. 더군다나 부위도 목이라 수술 자국이 너무 두드러지게 보였다.

누가 봐도 내가 갑상선암 수술을 한 것을 대번에 알 수 있어 싫었고, 아무렇지 않게 수술했냐고 물어오는 사람들의 질문도 싫었다. 그래서 처음에는 목걸이로 가리기도 했고, 화장품이나 옷으로 가리기도 했다.

'암 수술'의 여파는 내 인생 최대의 난관이었다. 수술 경험이 없었던 나는 내 몸 상태가 이렇게까지 나빠지리라고는 전혀 예상하지 못했다. 그동안 튼튼했던 내 몸을 너무 믿은 것이다. 남들이 갑상선암은 그저 가벼운 암이라고 쉽게들 말해서 그런 줄 알았다.

혹시 갑상선암으로 고생하는 엄마가 지금 이 글을 읽고 있다면 꼭 전하고픈 말이 있다.

"그 어떤 환자보다 힘들고 피곤한 사람들이 갑상선암 환자들입니다. 그러니 당신의 피곤함과 고통을 참지 말고 피곤하면 피곤하다, 아프면 아프다고 말할 수 있으면 좋겠습니다."

엎친 데 덮친
육아 우울증

아이가 8개월이 되자, 기다가 일어서기 시작했고, 분유를 먹다가 분유와 함께 이유식을 먹었다. 사물을 만지고 떨어뜨리는 등 점차 할 수 있는 것이 많아졌다. 그와 함께 엄마인 나는 하루 일과도 벅차졌다.

아이의 이유식을 따로 만들어야 했고, 하루 열두 번도 더 쏟은 음식을 닦아야 했다. 거실 가득한 아이의 널브러진 장난감을 아침저녁으로 치웠고, 깔끔한 엄마인 체하느라 매 끼니를 먹이고 난 뒤 갈아입힌 옷을 세탁하는 등 할 일은 늘 산더미였다. 매일 반복되는 '헬 육아'로 육아가 점점 더 힘들어졌고, 결국 생활 전반이 버겁게 느껴지기 시작했다. 무엇보다 나는 육아 우울증을 심하게 앓았다. 갑상선암 수술, 산후 우울증, 수술 후유증, 거기에 육아 우울증까지 겹쳐 힘든 나날이 이어졌다.

〈아시아투데이〉 카드 뉴스에 이런 내용이 나온다.

독박 육아로 집안일과 육아까지 모두 내 몫으로 해내며, 말할 상대 없이 온종일 집에만 있으니 나만 혼자 도태되고 소외된 느낌을 받는다. 모든 관심은 '아기'에게 집중되고, 나는 아기를 위해 존재하는 사람인 것처럼 '투명 인간'이 된 것 같은 기분마저 든다. 남편의 야근, 출장 등 업무가 가중돼 있다 보니 남편 역시 피곤한 상태. 서로가 예민, 부부 사이 대화 단절. 독박 육아를 하다 보니 분노, 짜증, 답답, 갑갑, 우울함, 불면증까지….

이 모든 것이 육아 우울증을 겪는 엄마의 고통이다.

내가 겪은 우울증의 증상은 감정 조절이 전혀 되지 않았고, 아이의 행동 때문에 하루에 열두 번도 더 욱했다. 아이는 그저 아이일 뿐인데, 나는 아이를 어른으로 바라보며 대했다.

내 감정 상태에 따라 아이의 행동이 실수가 아닌 반항으로 여겨졌고, 사소한 일도 크게 화를 냈다.

온종일 집에서 나와 눈 마주치고, 밥을 먹고 잠을 자는 아이에게 내 감정을 그대로 쏟아냈다. 말도 못 하는 아이를 말을 듣지 않는다고 혼내고, 실수라도 하면 한심한 듯 바라보기도 했다.

내가 나를 모른 척하는 사이에 우울증은 점점 더 심각해졌다. 아이가 사랑스럽고 예쁘기는 했지만, 답답함을 이길 수는 없었다. 특히나 친정은 멀어서 갈 수도 없었고, 친한 친구들도 가까이에 없었다.

남편의 회사 때문에 이사한 곳은 아무 연고가 없는 곳이라 주위에 아는 사람 하나 없었다. 잠깐이라도 소통을 할 만한 사람도, 갈 곳도 없었다. 딱히 찾아 나서고 싶은 마음도 없었다. 그렇게 오랫동안 집에서 은둔 생활을 하다 보니 점점 더 '집콕' 생활에 젖어 들었고, 외출이 귀찮고 싫어졌다.

어느 날, 아파트 베란다 밖을 바라보다 가슴이 쿵 내려앉는 것을 느꼈다. 여느 날과 다름 없이 아이를 하루 종일 돌보고 나서, 저녁 하늘을 바라보는데 이상하게도 하루가 공허하게 느껴졌다. 종일 밥하고 청소하고 빨래하고 아이와 실랑이하며 너무나 바빴다. 그런데 그 모든 시간이 아무것도 안 하고 보낸 시간마냥, 내가 뭘 했는지 생각조차도 나지 않았다. 무의미하게 보내 버린 내 하루가 너무 아쉬웠다. 내가 해야 할 일들을 했음에도 나 자신을 인정해 주고 싶지 않은 하루를 보낸 듯했다.

그렇게 시간이 지나면 지날수록 내 가슴속은 더 쿵 하고 주저앉았고, 차곡차곡 묻어 두었던 우울이 쏟아져 나오기 시작했다. 한데 내 감정을 받아 줄 사람은 없었다. 종일 혼자 말없이 지내다가 남편만 보면 대화를 시도했다. 늘 지쳐서 들어오는 남편에게 좋은 말도 아닌 나의 우울한 감정을 말하다 보니, 남편은 나의 말에 귀 기울이지 않았다.

내 말을 무시하는 것 같은 남편이 야속하기만 했고, 온종일 자기 맘대로 행동하는 아이까지도 미웠다. 육아로 답답했던 마음에 우울증까지 더해져 아이와 있는 낮에는 아이를 혼내고 울리기 일쑤였고, 밤에는 잠든 아이를 보며 '미안하다'고 사과하며 울기도 많이 울었다. 회사 일로 지친 남편에게는 화를 내는 일이 많아졌고, 부부 싸움도 잦아졌다. 이혼하자는 말도 여러 번 했다. 그렇게 나의 우울이 곧 가족 모두의 우울이 되어 버렸다. 우울증이 참 무서웠다. 나쁜 생각이 꼬리에 꼬리를 물고 마음속 깊이 파고드는 기분이었다.

우울이 끝으로 치닫던 어느 날, 나는 창밖을 바라보며 무서운 상상을 했다.

'우리 집은 9층인데, 여기서 뛰어내리면 죽을까? 내가 뛰어내릴까? 아님 저 아이를 던져 버릴까?'

이런 생각을 떠올리자마자, 나는 화들짝 놀랐다. 믿을 수 없는 생각이었다. 나는 이 끔찍한 생각을 마지막으로 이 모든 상황에서 벗어나야겠다고 마음먹었다.

남편에게 나의 우울증이 심각한 것 같다고 알렸고, 인터넷을 찾아보며 알게 된 우울증의 극복 방법을 말해 주었다. 특히 우울증은 집에 있는 가족이 돌봐 주어야 한다고 강조했다. 그리고 내가 한 끔찍한 생각도 말해 주었다. 내 말에 귀 기울이지 않던 남편도 나의 끔찍한 생각을 들으며 그동안의 자신을 반성하고 달라지기 시작했다.

그 뒤로 남편은 주말에 아이와 함께하는 시간을 가지려 노력했다. 내가 화를 내거나 짜증이 나 있으면, 아이를 데리고 외출해서 내가 마음을 다스릴 수 있도록 시간을 주기도 했다. 남편의 도움으로 상태가 조금씩 좋아졌다.

아이는 쑥쑥 자랐고, 어려서 아직 보내기에는 이르다고 생각했던 어린이집도 생각을 바꾸고 보냈다. 그러자 나 혼자만의 시간이 생겼고, 마음의 안정을 찾기 시작했다. 그렇게 생긴 시간에 온라인 지역 맘카페를 들르기도 하고, 주위에 있는 엄마들과의 만남도 가졌다. 그렇게 나는 활동적이었던 예전 모습을 찾기 위해 여러 가지를 시도했고, 나의 우울을 하나씩 풀어 나갔다.

나의 우울이 곧 가족 모두의

우울이 되어 버렸다.

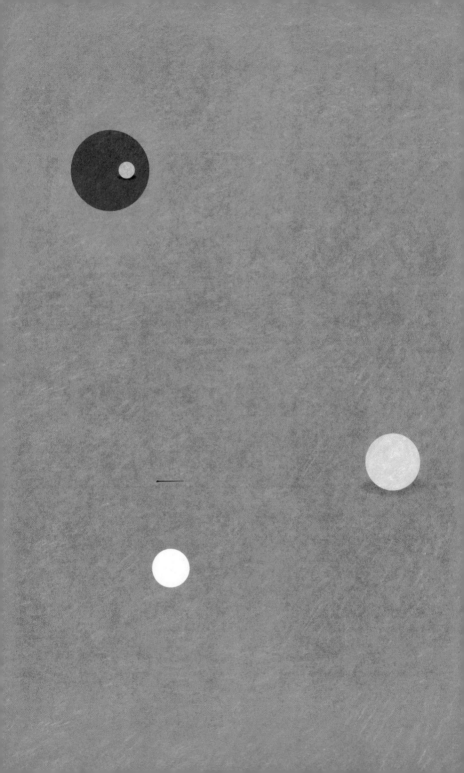

3장

아들 육아는
처음이라

남다른 아들이라는
숙제

가족 모임으로 어른들과 함께 아이를 데리고 카페를 갔을
때의 일이다.

나와 아들이 주문을 하려고 줄을 서 있는데, 앞에 서 있던
여자아이가 아무 이유 없이 아들의 팔을 한 대 때렸다. 아들
이 여자아이를 향해 손을 올렸고 그 순간 나는 아들의 손을
잡으며 말렸다. 내가 보기에 여자아이의 행동은 때린 강도를
봐도 장난으로 넘겨도 될 만한 정도였기 때문이다. 나는 억울
하다는 아들을 괜찮다며 진정시켰다. 그렇게 어른들이 서로
웃으며 사건은 일단락되어 보였다.

주문한 커피가 나오고 자리에 앉아 어른들의 이야기가 한참 계속되었다. 그러던 중 잠깐 사이에 가만히 앉아 있던 아들이 어디론가 후다닥 뛰어갔다. 순식간에 일어난 일이라 말릴 겨를도 없었다. 처음 간 카페였는데, 아이는 목적지를 정확히 알고 있었다. 아들은 맞은편 대각선에 앉아 있던 여자아이에게 돌진했고, 결국 아까 자신이 맞은 한 대를 갚아 주고 돌아왔다.

아들의 남다른 행동은 계속 되었다. 어느 날은 키즈 카페에서 아들이 뛰어다니며 놀던 중 마주 뛰어 오던 아이와 어깨가 부딪치는 일이 있었다. 아들은 부딪치고 지나간 아이를 찾아가 한 대 때리고 왔다. 왜 그랬냐고 물었더니, 그 아이가 자신의 어깨를 일부러 치고 지나갔다는 것이었다. 서로가 같이 부딪친 상황에서도 우리 아들은 공격을 받았다고 여겼고, 똑같이 했다.

아들은 자신이 피해를 본 모든 일에 대해서 꼭 갚아 주어야만 직성이 풀렸다. 이해하고 넘어갈 수 있는 상황에서도 아들은 그냥 넘어가지 않았고, 내가 아들을 이해시키려 노력하고 타이르기도 했지만 쉽지 않았다. 그러다 보니 여러 가지 상황에서 아들의 보복 행동은 늘 문제가 되었다. 먼저 맞았던 당시 상황과 이유가 어떠했든 폭력성은 분명 문제였다.

아들의 난폭함은 날이 가면서 두드러지게 나타났다. 관심받고 싶은 마음을 위험하고 거친 행동으로 드러냈다. 높은 곳에서 뛰어내리는 것은 기본이었고, 물건을 집어 던지거나 커다란 물건을 들고 휘두르는 등 위험한 행동을 많이 했다.

어린이집 창문이 깨지기도 했다. 아들의 행동은 또래 친구들에게 위협적이었다. 관심받기 위한 행동이었지만 수위가 높았고, 그것이 문제가 되어 어린이집이나 유치원 선생님들도 힘들어 했다. 어디에서도 우리 아이의 행동은 환영받지 못했다.

폭력성과 난폭성은 단체 생활에서 큰 걸림돌이 되었다. 게다가 아직 자기 몸의 힘 조절도 잘 되지 않는 아들이 아무것도 모르고 휘두른 주먹에 다치거나 우는 아이들이 늘어나자, 다른 부모들은 내 아들의 성향을 문제 삼았다.

아이가 문제를 일으켰다는 이야기를 들을 때마다 가슴에 울분이 쌓였다. 나에게도 하나뿐인 소중한 아이인데, 우리 아이에게만 쏟아지는 화살이 힘들었다. 왜 우리 아이만 이렇게 남다른 성향을 지녔는지, 그동안 내가 아이 훈육을 잘못했는지 자책하고 누구를 향한 것인지도 모를 원망을 했다. 잠시도 아이에게서 관심을 끊을 수 없게 만드는 상황은 이후에도 계속 이어졌고 더 빈번해졌다. 내 아이의 '남다름'은 내게 주어진 좀처럼 해결하기 어려운 가혹한 숙제였다.

야생마 아이가
도시에 산다

남자아이들은 기본적으로 야생마적인 성향을 지니고 태어난다. 드넓은 초원을 마음껏 뛰어다니는 것을 늘 갈망한다. 그래서 남자아이들이 소리 지르고 뛰는 것은 당연하다. 여자로 태어나 평생을 살아온 엄마가 아들을 이해하기는 힘들다.

남자아이 미술치료 전문가 최민준 원장이 '아들 때문에 미칠 것 같은 엄마들에게'라는 주제로 열린 강연에서 한 말이다. 이 말에 따르면, 우리 아들은 지극히 야생마적인 성향을 지니고 태어난 것이 맞았다. 우리 아이의 튀는 행동을 한평생 여자로 살아온 내가 이해하지 못하는 것은 당연했다.

우리 사회는 좀 튀거나 유별난 성향의 아이를 보면 지적하고 제재를 가한다. 그것이 눈치를 주는 것이든 말로 타이르는 것이든 말이다. 그러나 사람의 성향이 모두 같을 수는 없다. 특히나 자라나는 아이들에게 남들과 같은 성향을 지녀야 한다고 강요할 필요는 더더욱 없다.

요즘 어른들은 알게 모르게 아이들을 비교하고 평가한다. 비교와 평가를 통해 어른들이 만든 기준에서 조금이라도 벗어나면 바로 '문제아'로 낙인찍는다. 아이를 그 자체로 봐 주지 않고 어른들의 기준에서 아이를 바라본다면, 그것이 정답일까?

첫째 아이를 키우면서 불합리한 일을 참 많이 겪었다. 행동자체가 남들보다 컸던 우리 아이는 상대방 아이가 먼저 잘못했음에도 결과에 따라 먼저 혼나는 일이 빈번했고, 우리 아이만 먼저 사과하기를 종용받는 불합리한 상황도 많이 생겼다. 어떤 엄마들은 전후 상황을 묻지도 않고 결과적으로 자신의 아이가 맞아 우는 것만 보고 우리 아이를 다그치기도 했다.

나 역시 아이에게 '미안하다'고 말하기를 강요하는 때도 많았다.

한번은 키즈 카페에서 놀다가 한 아이가 우리 아들에게 맞아 울고 있었다. 상대방 아이의 엄마가 혼자 있는 우리 아들에게 소리를 지르며 왜 때렸냐며 사과하라고 크게 혼내고 있었는데, 정작 아이들에게는 전후 사정을 전혀 묻지 않았다. 자기 아이가 우는 것만 중요했을 뿐 어떤 상황에서 일어난 일인지에 대해서는 전혀 궁금해하지 않았다. 결국 아들은 서러웠는지 울음을 터트리고 말았다. 그 모습을 보고 놀란 내가 아들에게 가려 하자 상황을 가만히 보고 있던 남편이 나를 말리며 대신 아들에게 다가갔다. 남편은 "네가 잘못한 것이 없는데 왜 울고 있어?"라고 했고, 상대방 아이의 엄마에게 말했다.

"우리 아이가 잘못한 것이 없는데 왜 미안하다고 사과해야 하죠? 당신의 아이가 먼저 때린 것을 제가 봤습니다. 그럼 그쪽 아이가 먼저 사과를 해야 하는 것이 아닌가요? 아이가 때릴 때는 왜 못 보고 계셨나요?"

상대방 아이 엄마는 얼굴을 붉히며 가 버렸다. 본인의 말에 상처받아 우리 아이가 울고 있었는데 사과 한마디 없이 가 버리는 그 엄마를 보며 어안이 벙벙했다. 자신의 아이가 울 때는 앞뒤 안 보고 사과를 요구하더니, 어째서 자신의 오해가 드러나도 사과를 안 하는지….

이런 상황은 내 아이에게 여러 번 일어났다. 아이는 언제나 자신이 잘못하지 않았다고 생각하면 입을 꾹 다물고 사과하지 않았다. 문제된 상황을 직접 보지 못한 경우에는 엄마인 내가 사과를 하는 경우도 많았다. 결국 어른들에 따라 아이는 피의자가 되기도 하고, 가해자가 되기도 했다.

사람의 성향이 모두 같을 수는 없다.

특히나 자라나는 아이들에게 남들과 같은 성향을

지녀야 한다고 강요할 필요는 더더욱 없다.

네 아이는 우리 아이와
어울리지 않아

친하게 지내던 지인이 있었다. 우리는 대체로 아이들이 없는 시간에 만나 어울렸는데, 하루는 내가 아이들과 함께 만나자고 제안했다. 지인의 자녀도 아들이라, 아이들도 같이 만나 놀게 해도 좋겠다고 생각해서였다. 그런데 내게 돌아온 지인의 말에 그저 머릿속이 하얘졌다. 아이를 키우는 엄마로서 이런 말은 가슴에 못이 박히는 말이었다.

"미안한데, 우리 아이는 너희 아이와 성향이 달라서… 같이 놀면 부딪칠 거야"

성향이 달라서 어울릴 수 없다니, 그래도 나와 가까웠다고 생각했던 사람이 어떻게 이렇게 말할 수가 있을까? 말 한마디에 베인 상처는 깊었다. 내 아이는 어디에서도 환영받지 못하는 것 같아 슬펐다.

한참 지난 후에 지인으로부터 그때 한 말의 속뜻을 듣게 되었다. 자신의 아이들은 조용하고 소심한 성격이라, 격하고 날뛰는 성격의 우리 아이와 놀면 아이들끼리 부딪칠 것이라는 뜻에서 한 말이었다고 했다. 그 과정에서 본인의 아이들이 불편하리라 미리 짐작하고 한 이야기였다고 했다. 오해는 풀렸지만 여전히 아이들을 성향에 따라 분류해서 같은 부류의 아이들끼리만 어울려야 한다는 생각이 맞는 것인지 의문이 들었다.

'남들보다 조금 더 튀는 성격을 가진 우리 아이는 비슷한 성향을 지닌 아이들과만 어울릴 수 있는 것일까? 우리 아이는 사람을 만나는 것조차도 나눠서 만나야 하는 걸까?'

많은 고민을 하게 만들었던 그날의 일은 이후 아이와 함께 사람을 만나는 것을 꺼려지게 했고, 아이를 데리고 만날 수 있는 사람 또한 나 스스로 한정 짓도록 만들었다.

주위 사람들의 반응을 보면서 나는 많은 상처를 받았고, 점점 아이를 데리고 밖으로 나가고 싶지 않았다. 예민한 성격에 자존심이 강한 나는 늘 아이의 잘못인지도 모를 일에 고개 숙여 사과하는 것이 힘겨웠고, 우리 아이를 별난 아이로만 바라보는 시선도 두려웠다.

무엇보다 늘 문제를 일으키는 내 아이를 나 스스로가 받아들이기 어려웠다. 아이를 인정하고 싶지 않았던 마음이 컸던 것 같다. 아이 때문에 내게 날아오는 비수를 견뎌낼 수 없을 것만 같아 사람들을 멀리하고 만남도 피했다. 그렇게 한참을 아이와 둘이 은둔 생활을 하며 죄인인 듯 숨어 지냈다.

그런 나날을 이어가던 중, 더 이상 피할 수는 없다는 생각이 들었다. 무엇보다 나는 아이를 이해하고 싶어졌다. 육아에 관한 강연을 찾아가서 듣고, 육아 지침서를 읽었다. 조언도 많이 구했다. 그러면서 차츰 모든 상황이 아이의 잘못이 아님을, 아이가 '문제아'여서 벌어지는 일이 아님을 깨닫게 되었다. 남을 의식하고 남과 비교하면서 아이의 다름을 인정해 주지 않고, 그저 부끄러워 하며 아이의 잘못인 양 다그치기만 했던 나의 모습을 되돌아보며 반성했다.

　세상에는 남다른 아이도 있을 수 있다. 아니, 찾아보면 주위에 남다름을 지닌 아이들을 쉽게 찾을 수 있다. 아이의 남다름은 성향일 뿐, 나쁜 것이 아니다. 문제는 어른들의 잘못된 시선이 아닐까. 아이는 아이 자체로 가치가 있고, 존재한다는 것을 나도 내 아이를 이해하려고 노력하면서 깨닫게 되었다. 남들보다 좀 더 산만하더라도 힘이 넘치더라도 그것은 성향일 뿐 문제가 아님을….

　잘못된 어른들의 생각을 바꾸고 아이들을 있는 그대로 수용하고 인정할 줄 아는 지혜로운 어른들이 많은 사회가 되기를 간절히 바란다.

아이에게
무엇이 문제였을까

아이는 자기 기분이나 특정 상황에 따라 더 두드러지게 산만한 행동을 했다. 특히 어린이집에서는 좋아하는 선생님에게 관심받기 위해 높은 곳에서 뛰어내리거나 물건을 던지거나 어린이집이 울릴 만큼 큰 소리로 울기도 했다.

친구들과 놀 때는 자기 기분에 따라 더 큰 행동을 했다. 자신의 말을 듣지 않거나 원하는 놀이를 하지 않으면 아이들을 제압하기도 했고, 화가 난다고 밀거나 때리기도 했다. 특히 조용하게 있어야 하는 장소를 못 참았다. 호기심이 많았고, 뛰고 소리 지르고, 한자리에 있지 못하고 여기저기 돌아다니기를 좋아했다. 나는 아이를 데리고 어쩌다가 친구들과 만날 때면, 카페에서 커피 한잔 마음 놓고 마셔보지 못했다. 아이를 붙잡으러 다니느라 서서 커피를 마시기도 했다.

　아이가 문제를 일으킬 때마다 나는 아이 대신 변명 아닌 변명을 해야만 했다. 특히 어린이집, 유치원에서는 늘 상담을 받아야 했다. 심각할 때는 일주일 5일 수업에 5일 내내 불려 다닌 적도 있다.

　아이가 친구를 때려서, 위험한 행동을 해서, 울어서 등 여러 가지 이유로 엄마인 나를 불렀다. 그렇게 상담을 시작하면, 보통 가정에서의 문제점과 아이의 유아 시절 이야기를 꼭 말하게 된다. 아이가 잘못된 행동을 하는 근본적인 원인을 찾기 위해서인 듯했다.

　원장선생님, 담임선생님, 상담선생님 등 여러 선생님들이 '엄마와의 애착 관계'에 대해 많이 언급했다. 아이의 문제는 유아기 때 엄마와의 애착 관계가 형성되지 못해 나타났고, 엄마에게서 받지 못한 사랑을 다른 사람들에게서 채우려다 보니 관심받기 위한 행동이 더 격하게 나타났다는 것이다.

　나는 아이의 유아 시절, 그러니까 아이가 나와 애착 관계를 형성해야 했던 첫돌 무렵을 되돌아보았다. 이때는 아이와 스킨십도 많이 하고 사랑한다는 말도 많이 해 주며, 교감해야 한다. 그런데 나는 그러지 못했다.

당시 내게 불쑥 찾아온 병으로 몸이 많이 아팠고, 급격한 체력 변화는 늘 불안과 불만의 요소가 되었다. 아이를 안아 주는 것보다 내 몸 추스려야만 아이를 돌볼 수 있었다. 아이는 아픈 나로 인해 생긴 사랑에 대한 결핍으로 문제 행동을 했다. 아이는 엄마의 사랑을 필요로 했고, 사랑을 느끼고 싶어 했지만 나는 내 아픔뿐만 아니라 아이마저 돌보지 못한 것이다.

기관 선생님들의 말처럼 아이가 엄마와의 애착 관계가 안정적으로 형성되지 못해서 관심받기 위한 행동, 사랑받기 위해 잘못된 방향으로 행동하게 되었던 것 같다. 아이는 엄마에게서 받은 미움과 원망을 또래 아이들에게 사납게 표현했고, 간혹 과격하게 대응하기도 했을지도 모른다.

아이의 문제를 해결하기 위해 아이가 다섯 살이 되던 해에 놀이 치료를 받았다. 놀이 치료는 일주일에 1회, 40분가량 진행되었다. 선생님과 아이가 함께 놀이하며 아이의 심리를 파

악하고, 아이가 다른 친구들과 함께 편안하게 생활할 수 있도록 지도해 주는 과정이었다. 놀이 치료는 매주 엄마에게도 미션이 주어졌고, 집에서 엄마의 역할이 참 중요했다. 놀이 치료 센터에서 텔레비전을 보여 주지 않기를 권해서, 아이가 어린이집과 태권도 학원을 다녀오면 데리고 나가서 놀이터에서 매일 2시간 이상을 놀게 했고, 이후 들어오자마자 씻겨 밥을 먹인 후 재웠다.

주말에도 아이의 체력을 발산할 곳을 찾아 이곳저곳을 돌아다녔다. 그러한 노력이 나에게는 필요 이상의 체력 소모로 이어져 힘이 들 때도 많았지만, 아이의 변화를 위해 멈추지 않았다.

1년간 그렇게 노력했지만, 우리 아이에게는 큰 효과가 없었다. 놀이 치료를 받는 중에도 아이의 심리 상태는 불안정한 곡선을 타는 시기가 많았고, 안정되는가 싶으면 또 다시 제자리걸음이었다. 오히려 나와 아이 둘 사이만 점점 더 멀게만 느껴졌다.

더군다나 놀이 치료를 1년 정도 받은 시점에 틱 증상이 나타났다. 틱 증상은 갈수록 심각해졌고, 그 모습은 지켜보기 힘들 정도였다. 고군분투하며 받은 놀이 치료는 씁쓸한 결과를 안겨 주었고, 더는 유지가 힘들어 그만두게 되었다.

사실 그즈음, "엄마, 나 오늘도 놀이 치료받으러 가야 해?" 라고 말하는 아이를 보고 놀란 적이 있다. 어디서 들었는지 아이는 '놀이 치료'라는 단어를 정확히 알고 있었다. 늘 놀이 선생님에게 간다던 아이가 어느 순간 '놀이 치료'라는 단어를 쓰면서 표정이 달라졌다. 그동안은 선생님과 놀이한다는 것을 즐거워 했던 아이였는데 치료라는 단어에 뭔가 자신에게 문제가 있어 간다는 것을 알게 된 듯 보였다.

그때부터 아이는 센터를 갈 때 그전처럼 즐거워 보이지 않았다. 그렇지 않아도 1년의 노력에 큰 변화를 못 느껴 힘이 빠졌는데 틱 증상까지 심해지고, 아이의 발걸음마저 무거워진 것 같아 더 유지할 필요를 못 느꼈다.

놀이 치료를 그만두고 한참 후에 지인을 통해 알게 되었는데, 놀이 치료는 기본 2~3년 이상을 보고 시작해야 한다고 한다. 아이들의 상태에 따라 다르지만, 우리 아이 정도라면 3년 정도는 놀이 치료를 지속하는 편이 좋았다는 것이다. 아이의 변화를 보려면 그만큼 많은 시간이 걸리고 3년은 지나야 변화를 느끼기 시작한다는 것이었다. 고작 1년으로는 우리 아이의 변화를 기대하기란 어렵다는 지인의 말을 듣고, 그때

'힘들어도 조금만 더 버텨 볼 걸' 하는 아쉬운 마음이 들었다.

혹, 아이의 놀이 치료를 고려하는 엄마가 있다면, 놀이 치료 중에는 엄마의 역할과 뚝심 혹은 끈기가 중요하다는 것을 꼭 말해 주고 싶다.

아이와 스킨십도 많이 하고

사랑한다는 말도 많이 해 주며,

교감해야 한다.

마음의 짐,
아이의 틱 장애

아이가 처음 손톱과 발톱을 물어뜯기 시작한 것은 세 살쯤 이었다. 이전에는 일주일에 한 번씩 손발톱을 깎아 줬는데 아이가 물어뜯기 시작하면서부터는 하도 물어뜯어 깎아 준 기억이 없을 정도이다.

손발톱을 물어뜯는 행동이 단지 아이가 불안할 때만 나오는 습관인 줄 알았다. 어린이집에 아이들이 많으니 그 속에서 스트레스를 받아 생긴 일시적인 증상쯤으로만 여겼다. 그만큼 틱에 관해서는 아는 것이 하나도 없었다.

틱 장애(tic disorder) : 아이들이 특별한 이유 없이 신체 일부분을 빠르게 움직이는 이상 행동이나 이상한 소리를 내는 것을 말함.

아이가 네 살이 되었을 때 눈을 심하게 깜빡이거나 어깨를 들썩거리기 시작했다. 처음에는 '피곤하고 눈이 아파서 깜빡거리는 거겠지, 옷 상표 때문에 불편해서 어깨를 들썩이는 걸 거야' 하며 그냥 넘어갔다. 틱에 관해서는 전혀 생각해 본 적이 없었던 터라 아이의 틱 증상 역시 알아차리지 못했다.

사실 마음속으로는 아니길 바라며, 머릿속에 맴도는 진실을 덮으려 내 눈만 질끈 감은 것인지도 모른다. 아이가 눈을 심하게 깜빡이면 일부러 안 보려 애썼고, 옷의 상표가 불편하다며 떼어 달라고 하면 "다른 아이들도 옷에 붙어 있는 상표가 불편하지만, 그냥 입어"라며 도리어 아이에게 까다롭게 굴지 말라고 면박을 주기도 했다.

아이에게 틱 증상이 보이면 안 좋은 버릇을 가진 정도로 여기고 더욱 아이를 다그치고 화를 냈다. 내 아이에게 틱 증상이 있다는 것을 인정하고 싶지 않았다. 아이를 무섭게 혼내서라도 얼른 이런 버릇이 없어지기를 바랐다.

그렇게 내가 아이의 틱을 회피하고 부정하는 사이, 틱은 사라지기는커녕 점점 더 자주 여러 가지 증상으로 나타났다. 특히 아이가 스트레스를 많이 받은 날은 더 심하게 나타났다. 어깨를 들썩거리는 틱이었는데, 아이의 스트레스 지수가 올라갈수록 어깨 들썩거림의 횟수가 많아지고 행동 자체도 커지기 시작했다.

아이의 틱 증상은 아이가 여섯 살이 되자 더욱 뚜렷해졌다. 아이도 불편함을 느꼈고, 자신의 행동이 이상하다는 것을 스스로 알아챌 정도였다. 눈을 계속해서 깜빡이거나 얼굴을 찡그리는가 하면, 코를 킁킁거리기도 하고, 잦은 기침을 하며 어깨를 심하게 휘젓기도 했다. 이런 과잉 행동은 지인들은 물론 가족들까지도 당황스럽게 만들었다. 그 모습을 지켜보고 있는 나의 마음 역시 불편했다.

아이의 틱 증상이 자주 나타나기 시작했고, 여기저기서 아이에 관한 이야기들을 내게 직접적으로 했다. 아이의 틱에 관한 이야기들에는 날카로운 지적도 함께 있었다. 타인들의 시선이 부담스러웠다. 아이의 틱이 엄마의 양육에 문제가 있어서 생긴 것이라고 할까 봐 무척이나 두렵기까지 했다.

보통의 틱은 여자보다 남자아이들에게 4배 이상 많이 나타나며, 기관 생활(아이가 평가받는 긴장되는 상황)에서 생기는 경우가 많다. 대개 2~3개월 뒤 사라지는 것이 대부분이나 만성으로 가기도 한다. "뛰지 마, 하지 마"라는 정형화된 행동을 강요해서 나타나는 증상일 수 있다. 아이가 틱이 있다는 걸 스스로 느끼지 않게 해 주는 것이 중요하다. 아이 스스로가 그것이 잘못된 것인 줄 인지하고 있다고 하더라도 이것을 제어하는 것은 거의 불가능하다.

– '마음애 심리 상담센터' 네이버 포스트 중에서

나는 여러 매체를 통해서 아동 틱에 관한 자료를 찾아보며 공부했다. 아이의 틱 증상과 돌발 행동에 어떻게 대처해야 하는지 조언을 구하기도 하고, 관련 자료에서 찾은 방법을 아이에게 적용해 보기도 했다.

공부를 해 나가면서 그동안 아이의 틱을 대했던 나의 자세와 반응이 얼마나 잘못된 것인지 알았다. 다른 사람도 아닌, 늘 함께 생활하는 엄마인 내가 더더욱 조심히 행동해야 했다. 괜히 아는 척했다가 아이 스스로가 본인에게 문제가 있음을 인지하고 소심해질까 봐 조심스러웠다. 틱 증상을 볼 때마다 아무 말 못 하는 내 입술은 간질간질하고 답답했다. 혹시 다른 사람들이 내 아이를 보고 틱을 지적하거나 알은 체를 할까 봐 노심초사였다. 남자아이들에게 많이 드러난다는 틱이라지만 왜 유독 내 아이에게만 보이는지…. 가끔은 원망스럽기도 했다.

'그동안 아이를 위해 노력해 왔던 나의 육아 방법이 잘못되었구나…. 무엇이 문제였을까? 왜 우리 아이에게만 이런 일이 생기는 걸까?'

꼬리에 꼬리를 무는 부정적인 생각은 자꾸만 부풀고 커졌다. 풀리지 않는 숙제 같았고, 꼬인 실타래 같았다. 아이의 틱 증상은 일상 생활에도 영향을 주었다.

틱 증상이 심할 때면 일부러 외출을 자제했고, 가족 모임이나 결혼식에 참석하는 것도 피했다. 시어머니도 아이가 틱이냐고 걱정했고, 친정 부모님은 아이가 왜 이런 행동을 하는 것인지 의아해했다. 가장 가까운 부모님의 이러한 반응에 그저 먹먹하기만 했다.

아이의 틱 증상은 날이 갈수록 더 심해졌고, 나는 그에 따른 주위의 반응 때문에 너무 불안했다. 사람들은 아이를 안타깝게 보기도 했고, 불쌍하게 보기도 했다. 진심 어린 걱정도 있었고, 혹여나 자신에게 피해를 주지는 않을까 걱정하는 눈치도 보였다. 무언가를 말하고 싶어 하는 듯한 상대방의 눈빛이 무서웠고, 혹여나 그들이 아이에게 상처 주는 말을 내뱉을까 봐 걱정스러웠다. 어딜 가도 아이에게 쏠리는 눈길이 나를 짓눌렀다.

우리 아이,
초등학교에 갈 수 있을까

일곱 살까지 이어진 아이의 틱 증상은 심각한 수준이었다. 여러 가지 틱 증상이 복합적으로 나오기 시작했다. 가끔 눈을 깜빡이거나 한 번씩 어깨를 들썩이던 틱 증상이 눈 깜빡임과 어깨 들썩임, 그리고 기침까지 세 가지가 한꺼번에 나타났다. 그 와중에 손발톱을 물어뜯는 증상도 계속되었다.

밥을 먹으면서도 계속 킁킁거리며 눈을 깜빡거렸다. 무언가에 집중할 때면 유독 어깨 들썩임의 크기가 더 커졌는데, 특히 책을 볼 때 가장 불편해했다. 손으로 책을 잡고 한 장씩 넘기면서 보는데 어깨를 크게 들썩거리니 눈과 책 사이가 멀어져 책을 제대로 볼 수 없었다. 아이는 책을 읽을 때 나타나는 불편함을 호소했지만 당장 방법이 없었다. 안타까웠다.

이런 틱 증상은 아이가 초등학생이 되면 더 문제가 될 것이 뻔했다. 어깨 들썩임은 동작 자체가 너무 컸기에 글씨를 쓸 때도, 만들기를 할 때도 불편해 보였다. 또한 기침 소리가 무척 컸기 때문에 수업 시간에 방해가 되어 선생님께 지적을 받을 것이 당연해 보였다.

곧 초등학교에 들어가야 하는 아이를 어찌해야 할지 고민이 이만저만 큰 것이 아니었다. 정말 초등학교에 갈 수 있을까? 이대로라면 틱 증상이 아이에게 상처를 주는 상황을 만들 것은 뻔했다. 친구들이 놀릴 수도 있고, 선생님의 지적과 지도를 받을 수도 있다. 아이 스스로 자제하고 싶다고 해도 통제가 안 되니 아이 자존감이 낮아질 수도 있었다. 앞으로 펼쳐질 아이의 학교생활에 대한 고민은 수도 없이 많았고, 그 해답은 어디에도 보이지 않았다.

틱 치료를 위해 방문한 한의원에서 틱 장애는 자연 치유가 어렵다고 했다. 그렇기에 습관이 되지 않게 어릴 때부터 관리를 해야 한다고 덧붙였다. 자연스레 없어지는 듯 보이지만 치료하지 않으면 성인이 되어 다시 나타난다는 것이다. 주위에 어른임에도 손톱이나 발톱을 물어뜯는 사람이 있지 않은가.

'세 살 버릇 여든까지 간다'라고 버릇인 줄로만 알았는데 그것이 만에 하나 틱 증상이라면 '세 살에 있던 틱 여든까지 있다'는 것이 된다. 성인기까지 틱을 끌고 간다는 것은 아이에게는 정말 끔찍한 일이 될 것이다.

틱 증상은 내 아이뿐 아니라 누구에게나 나타날 수 있고, 틱 증상이 보이는 한 아이도 엄마도 누군가의 시선을 피할 수는 없다. 이상한 눈으로 바라보는 사람들을 탓할 수도 없다. 가끔은 엄마인 나로서도 아이의 행동을 지적하고 싶을 때가 있었으니까. 하지만 모든 것을 엄마가 제대로 바라보고 인정하면 마음이 편해진다. 나 역시 그랬다.

틱은 병원 치료도 중요하지만, 가족들의 사랑과 관심이 더 중요하다. 그중 엄마가 다른 사람들의 시선을 신경 쓰지 않고 아이를 본다면 좀 더 현명하게 아이의 틱을 고쳐 나가는 방법을 찾아 나갈 수 있을 것이다.

모든 것을 엄마가 제대로

바라보고 인정하면 마음이 편해진다.

또 화를 냈다,
그러지 말아야지 하면서도

우리 아이는 물이나 음료를 잘 쏟았다. 집에서뿐만 아니라 밖에 나가서도 그랬다. 하루에 보통 네 번 이상은 무언가를 쏟았고, 혼이 나고는 했다.

"물이야. 쏟지 않게 조심해."

아이에게 물을 줄 때 미리 주의를 주어도, 아이는 말이 끝나기가 무섭게 쏟았다. 나는 한두 번 정도는 "실수할 수 있어"라고 달래며 천천히 닦아 주었다. 아이니까, 그럴 수 있는 거니까. 그런데 세 번 이상을 넘어가면 슬슬 화가 나기 시작했다. 아무리 아이라도 똑같은 상황이 세 번 이상 반복되니 실수로 보이지 않았다. 아이의 실수는 나를 향한 도전이자, 반항이 되었다. 왠지 내 말이 무시당한 느낌이 들었다.

그때부터 나는 쏟은 것을 닦아 주면서 인상을 찌푸리며 큰 소리로 화를 냈다. 종일 나에게 일거리를 안겨 주는 아이가 너무나 버거웠다. 분명 말귀를 알아들을 줄 아는 아이인데 어째서 내 말을 듣고도 자꾸만 쏟는지 이해가 되지 않을 때가 많았다.

아이의 부주의는 결국 나의 화를 불러오고는 했다. 안 그래도 피곤함이 쌓이고 쌓여 하루에도 몇 번씩 몸이 축축 처지고 아픈데, 아이가 늘 배로 일거리를 만드니 정말 화가 나고 싶었다. 그렇게 육아는 내 인내심의 한계를 불러 왔다.

지금에 와서는 '아이니까 그럴 수 있지…', ' 아이의 관점에서 바라봐 줬다면 좋았을 텐데…' 하는 생각이 들지만, 그때는 욱하는 내 감정을 통제하기가 너무나 힘들었다. 내 몸과 마음이 내 것이 아니었다.

감정이 격해질 때면 어김없이 내 안의 '헐크'가 끄집어졌다. 아이에게 엄마의 강인함을 과시했고 힘으로 아이를 제압

하려 했다. 아이의 작은 실수에도 급히 분노하고, 미친 듯이
화를 냈다.

'내가 육아를 하면서 종종 헐크로 변하고 있구나…'

평상시에는 다정다감하다가도 화가 나면 얼굴이 붉어지고
정색하며 목소리가 커졌다. 나는 일명, 헐크 엄마였다.

어린 시절, 우리 엄마도 마찬가지였다. 혼날 때마다 엄마의
그 무서운 표정과 싸늘한 눈초리, 화난 듯 조용하면서 묵직하
게 들리던 음성 등 여느 때와는 전혀 달랐던 엄마의 모습이
생생하다. 엄마가 혼을 낼 때마다 들었던, 어른 손보다도 훨
씬 더 컸던 '공포의 머리빗'도 기억이 난다.

어린아이였던 나는 혼나는 순간이 너무 싫었다. 엄마와 눈
을 마주치는 것조차도 너무 무서웠다. 엄마의 날이 선 질문이
시작되면 머릿속이 새하얘졌다. 평소에는 똑 부러지게 말했
지만 혼이 날 때면, 당황해서 횡설수설하고, 할 말도 까먹고,
더듬거리며 말도 제대로 하지 못했다. 엄마는 마치 큰 산처럼
거대해 보였고, 나는 그저 작고 작은 개미가 된 것 같은 느낌

이 들었다. 지금 생각해도 싫고 두려웠던 마음이 고스란히 떠오른다.

오늘도 그러지 말아야지, '아이니까 그럴 수도 있지' 하면서도 아이에게 화를 내고야 만다. 아이에게 엄마가 얼마나 무서울 수 있는지 잘 알고 있으면서도, 그런 내가 아이에게 화를 냈다. 열 번 참아야 할 것을 두 번만 참아 주고는 이내 욱했다. 그렇게 싫어하던 우리 엄마의 분노를 내가 똑같이 재연했던 것이다. 마음속으로 수도 없이 반복하고 되새기면서도, 아이가 문제 행동을 보이는 순간 또 화가 난다.

미친 듯 화를 내고 난 후 아이를 바라 보면 마음이 짠하다. 하고 싶은 말이 많아 보이는 아이의 눈, 아직 의사 표현을 말로 다 못 하는 아이는 얼마나 답답할까?

화를 낸 날이면 잠들어 있는 아이를 바라보며 화내지 말아야겠다고 스스로에게 다짐한다. 아이에게 미안해지고 또 미안해진다.

육아는 나에게 늘 반성의 시간을 가져다 주면서 어찌나 아이에게 미안한 마음을 들게 하는지…. 다시는 안 그러겠다는 다짐을 수없이 하며 눈물을 흘리게 한다. 그러나 헐크가 욱하는 순간이 짧듯, 내가 욱하는 순간은 늘 찰나여서 그 순간을 잡아채서 멈춘다는 것은 쉽지 않다. 아직도 내게 육아는 어렵고 어려운 일이다.

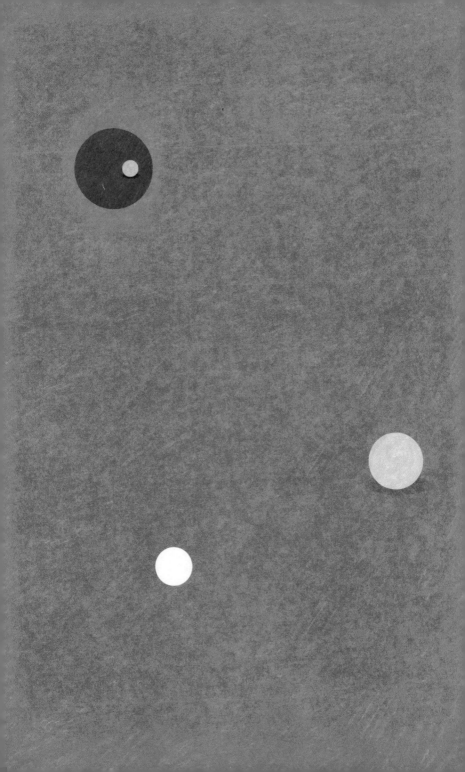

4장
———————————

엄마 10년,
조금씩
보이는 길

남다른 엄마의 선택, 농촌 유학

시댁과 친정을 통틀어 첫 손주였던 나의 첫째 아이. 귀한 탄생만큼 더 귀하게 키우고 싶었다. 그래서일까? 나는 첫째 아이가 태어나는 순간부터 어디서 왔는지 모를 교육열에 불타올랐다. 머릿속에 '초등학교는 무조건 학군 좋은 서울 목동이다'를 스스로 각인시킬 정도였다. 결혼 후 1년 정도 목동에 살아 본 것이 전부이고, 목동 지리조차도 제대로 모르면서 말이다. 그저 목동에 있는 학교만 들어가면 아이가 공부를 잘할 것이라는 근거 없는 믿음이 있었다.

그러나 아이는 결코 내가 생각하는 쪽으로 흘러가도록 허

락하지 않았다. 공부를 시켜야겠다는 내 생각과는 달리, 아이는 어린이집, 유치원, 학원 등 자신이 거쳐 온 모든 활동 영역에서 '모범생 아들'과는 거리가 먼 특성만 보였다.

아이는 자신의 폭발하는 에너지를 어쩔 줄 몰라 가만히 앉아 있는 시간이 없었고, 거친 행동으로 문제를 일으켰다. 아이의 사소한 행동에도 문제가 부각되는 도시의 교육 현장 속에서 나는 참 많이도 불려 다녔다. 그러면서 엄마로서 수용하고 싶지 않은, 듣고 싶지 않은 뼈아픈 이야기를 상담하면서 많이 들었다.

내게 가장 큰 고민은 아이가 일곱 살이 되었을 때 생겼다. 다름 아닌 아이의 초등학교 입학이었다. 우리 아이는 늘 산만함을 지적받고, 사회성 부족으로 또래 아이들과 융합이 어려우며, 넘치는 에너지를 난폭하게 분출하고, 자기주장이 강하고 뭐든 남들보다 먼저여야만 직성이 풀리는 그런 아이였다. 초등학교 입학을 코앞에 두고, 나는 아이가 과연 학교에 적응을 할 수 있을지 근심이 가득했다.

나는 학교를 가야 하는 아이보다도 더 긴장을 하고 떨었다. 그동안 어린이집, 유치원을 거치면서 내 아이의 성향이 문제

되어 많은 상담을 했고, 그런 상황에서 내 아이는 이미 문제가 많은 아이였기 때문이다. 초등학교에서도 비슷한 문제를 만들 것은 불을 보듯 뻔했다.

'아이가 학교에 가서 수업 시간에 떼를 부리거나 뛰거나 소리를 지르면 어쩌지? 다른 아이들과 충돌했을 때 우리 아이가 학교 폭력으로 신고된다면 어떻게 해야 할까? 아이의 산만함을 문제 삼아 학교에서 치료를 권유한다면 나는 어떻게 해야 할까?'

많은 고민이 머릿속을 스쳤다. 그도 그럴 것이 대중 매체를 통해 이미 내 고민의 여러 사례를 보고 들었다. 요즘 도시의 여느 학교에서는 산만함을 가진 아이를 '문제' 그 자체로 부각시키는 경우가 많았다.

남들보다 에너지가 넘치고, 자기주장이 강하며, 틀에 박힌 생활을 싫어하는 아이들. 이런 아이들을 문제로 삼는 것이다. 그 문제가 되는 요소는 우리 아이가 가진 여러 부분과도 일치했다. 걱정이 태산처럼 커졌다.

내가 초등학교를 다니던 시절에는 한 교실에 40~50명 정도의 아이들이 함께 수업을 받았고, 교실의 아이들 중에는 남다르게 별난 아이들 이외에 장애를 가진 아이도 포함되어 있었다. 그렇지만 그런 아이들이 다 문제를 일으키지는 않았다. 가끔 수업에 방해되는 행동을 하기는 했지만, 선생님이 모든 행동을 문제 삼지는 않았다. 그러나 요즘의 학교는 다르다.

초등학교 1학년임에도 다툼이 일어나는 경우, 피해자와 가해자가 생긴다. 한번 '문제아'로 낙인찍히면 학교를 졸업할 때까지 문제아가 되기도 한다. 이러니 남들과 조금 다른 성향을 지닌 아이를 키우는 엄마로서 매일 밤 셀 수 없는 걱정을 쌓을 수밖에 없다.

나는 살얼음판을 걷는 기분으로 아이가 일곱 살이 될 때까지 여러 가지 방법을 통한 변화의 시간 속에서, 많은 시행착오를 겪었다. 그러는 와중 우리 아이가 학교에 부적응할 수도 있다는 불안으로 늘 초조했다. 불안과 두려움은 나를 움직이게 했다. 오랫동안 다니던 유치원을 옮겨 보기도 했고, 삶의 터전을 바꿔 보기도 했다. 여러 가지 상담을 받으며 방법을 모색했다. 아이에게 도움이 될 만한 모든 것에 귀를 기울이고 찾아 나섰다. 하지만 여러 가지 변화에 아이는 더 힘들어 했고, 나의 노력이 무색하게 변변한 해결책은 찾지 못했다.

그러다 시어머니를 통해 '농촌 유학 성공 사례'를 블로그에서 접했다. 우리 아이와 같은 경우는 아니었지만, 농촌 유학을 통해 아이가 얼마나 많이 달라졌는지, 얼마나 더 좋아졌는지 자세히 나와 있었다. 나는 곧바로 여러 지역의 농촌 유학 센터를 검색하고 찾아보다가, 전북 임실에 있는 한 곳을 알아냈다. 몇 날 며칠 고심 끝에 그곳에서 진행하는 일주일간의 캠프에 아이를 보내 보기로 했다.

그 캠프는 아이가 부모를 떠나 유학 센터에서 생활할 수 있을지 미리 체험해 보는 기회였다. 캠프에서 생활한 뒤 아이 스스로가 농촌 생활을 선택할 수 있었다.

일곱 살의 끝자락, 학교 입학을 2주 남겨 놓고 아이는 농촌 유학 캠프를 다녀왔다. 아이는 일주일의 캠프에서 놀랄 만한 변화를 보였다. 특히 심했던 틱 증상이 눈에 띌 만큼 줄어 있었다. 눈 깜박임도, 기침하는 틱 증상도 거의 없었다. 주변 지인들이 봐도 확연하게 차이가 날 만큼 놀라운 변화였다.

보낼 때의 걱정과는 달리 너무 잘 적응해 주어서 센터의 선생님들도 칭찬을 했다. 부모와 떨어져 모르는 사람들과 잠을 자야 하는 캠프는 처음이라 밤에는 외로웠을 법도 한데, 일주일 동안 한 번도 울지 않고 일정에 따라 잘 적응해 준 아이가 대견했다.

농촌 학교는
스트레스 안 받아

아이가 캠프에서 돌아와서 이렇게 말했다.

"엄마, 대리 초등학교에서는 스트레스 안 받아!"

아이가 캠프에서 얼마나 재미있었는지, 한껏 흥분한 목소리로 그동안의 이야기를 들려 주었다. 아이의 얼굴에는 이야기를 하는 내내 웃음꽃이 피어 있었다. 얼굴에서부터 그날의 즐거움이 묻어 나오는 것을 보니, 나도 너무나 흐뭇했다. 즐거워하는 아이를 보며 나의 머릿속에 별똥별 하나가 떨어지는 듯 '반짝' 하는 생각이 떠올랐다.

 "그래, 이거다!"

 남들보다 에너지가 두 배이고 관심받기를 원하는 아이, 위험한 행동을 거침없이 하는 아이, 자기주장이 강하고 주관이 뚜렷한 아이. 무엇보다 도시의 학교 적응이 어려워 보였던 내 아이. 아이가 스트레스나 상처를 받지 않고 학교 생활을 할 수만 있다면, 그보다 더 좋은 것이 있을까?

 그때 아이를 '농촌 유학'을 보내기로 결심했다. 여덟 살 아이가 부모 곁을 떠나 생활해야 한다는 것 때문에 마음이 무거웠지만, 일주일간의 캠프를 통한 아이의 변화를 보면서 남편과 나는 신중히 고민하고 고민했다. 아이의 의사도 물은 끝에, 농촌 학교에 아이를 보냈다. 초등학교 1학년 입학을 이틀 남겨 둔 날이었다. 최선의 선택이라 생각했고, 아이를 위한 길이라고 굳게 믿었지만 쉬운 결정은 아니었다.

 아이를 멀리 보내고 난 뒤에도 첫째 아이 생각만 났다. 밥은 잘 챙겨 먹는지, 학교에서 친구들과 싸우지는 않는지, 아프지는 않은지, 혹여나 잠들기 전 엄마 생각에 울지는 않을지…. 사소한 것 하나하나까지 모든 것이 걱정거리였다. 하지만 많은 걱정에도 농촌 유학은 우리에게 한 줄기 희망이었다.

농촌 유학을 보내며 내가 아들에게 해 준 말이 있다.

"아들, 농촌 유학 가서 공부 안 해도 돼. 친구들이랑 재미있게 놀고 마음껏 뛰고 웃고 스트레스 받지 않았으면 좋겠어. 엄마 봐. 엄마는 스트레스 많이 받으니까, 너희들한테 화도 많이 내고 가끔 나쁜 말도 하고 아프잖아…. 엄마는 네가 스트레스 안 받고 행복하게 살았으면 좋겠어."

정말이지 엄마인 나의 바람은 딱 하나, 내 아들이 행복해지는 것이었다. 아마 모든 엄마가 제일 먼저 아이의 행복을 바라지 않을까. 행복한 삶을 산다는 것만큼 인생에서 중요한 것은 없으니….

그렇게 첫째 아이는 전북 임실의 대리초등학교에 입학했고, 유학 센터에서 지내기 시작했다. 에너지가 넘치는 아이라 내심 걱정을 많이 했는데 아이는 적응을 잘했다. 문제 행동도 좋아져 소리 지르고, 뛰고 위험한 행동을 하는 것도 많이 좋아졌다. 무엇보다 아이 스스로 변화했다는 것에 놀라워 했다.

유학 센터 선생님 말씀에 따르면, 처음 센터에 입소했을 때는 집에서 했던 것처럼 행동해서 제재를 많이 받았다고 한다. 나도 예상하고 걱정했던 부분이다. 하지만 시간이 지나고 점점 농촌 학교와 그곳의 생활에 적응하면서 변하기 시작했다고 한다. 매일 운동장에서 친구들과 뛰어놀며 에너지를 분출하고, 학교뿐만 아니라 센터에서의 많은 일정을 소화해 나가면서 서서히 조용해졌단다. 아마 아이가 가지고 있던 에너지를 그날그날 다 소모해 버릴 만큼의 충분한 활동을 했으니 그만큼 소리 지를 여력도 없어 조용해졌으리라.

도시의 생활에서는 상상할 수 없는 일이었다. 아이가 어린이집을 다녀오고, 태권도장에서 1시간의 수업을 받고, 놀이터에서 2시간이나 놀고 들어 왔을 때도 지치지 않고 집에서 뛰고 소리를 질렀는데, 조용해졌다는 것은 정말이지 큰 변화가 아닐 수 없었다.

아이가 스트레스나 상처를 받지 않고

학교 생활을 할 수만 있다면,

그보다 더 좋은 것이 있을까?

떨리는
담임선생님과의 면담

아이가 농촌 학교에 입학하고 한 달 만에 담임선생님과의 면담이 있었을 때다.

면담이라기에 예전처럼 우리 아이의 단점과 문제 해결 방안이 주제가 되리라 생각했다. 가기 전, 마음에 상처를 받지 않으리라 미리 다짐하고 선생님을 만났다.

내가 먼저 아이의 단점과 예상되는 어려움을 말씀드리며 선생님께 죄송함과 감사함을 표현했다. 그런데 선생님의 반응이 좀 달랐다.

선생님은 첫마디부터 내 가슴에 꽂히는 말을 했다.

"어머니, 아이들은 어른들이 참고 기다려 주면 본인 스스로가 느끼고 달라집니다."

그동안 한 번도 들어본 적 없는 말이었다. 도시의 선생님들은 다른 아이들의 엄마들이 불편해하기에 내 아이를 진정시켜 주기를 바라며 항상 심리 센터의 치료를 권유했다. 선생님의 마음도 이해하지만, 그런 말을 들을 때마다 얼마나 속상했는지 모른다. 그랬으니 '어른들이 참고 기다려 주면 된다'는 말은 정말이지 눈물이 나게 고마운 말이었다. 이어, 아이들이 소리 지르고 뛰는 것은 아이이기 때문에 당연한 일이며 힘이 넘쳐서 그러는 것이니 학교 운동장에서 마음껏 뛰어놀게 하면 된다고 했다.

"아이들은 실컷 놀게 해야 해요. 노는 걸 잘하는 아이들이 나중에 공부도 잘하거든요."

내가 아이의 산만함을 걱정하자, 선생님은 그것은 그동안 자유롭게 지내던 아이가 학교에 들어와 규칙을 익히는데 당연하다고 했다. 아이는 아직은 천방지축 어린아이에 불과했다. 그리고 가장 걱정하던 아이의 폭력성을 말씀드리니, 선생님은 문제가 되기는 하나 대부분의 남자아이들에게도 조금씩 보이는 것이고, 아이들 스스로가 서열을 정할 때까지 다치지 않도록 지켜봐 주면 된다고 했다.

마지막으로, 아이가 울고 떼 부리는 것에 대해 담임선생님에게 조언을 구했다.

"어머니, 울고 떼 부리는 것은 모른 척 하시는 게 제일 좋아요. 본인 의사에 맡겨 두면 어느 순간 '아, 이게 안 되는 거구나' 하면서 스스로가 생각하고 느끼면 멈춰요."

선생님과 운동장 한편의 벤치에 앉아 이야기를 나누는 동안 저 멀리서 아이가 뛰어왔다. 아이는 내게 어리광을 부리며 안겼다. 등치만 컸지 딱 여덟 살 아이였다. 그 모습을 보던 선생님이 "선생님도 안아 줘야지?" 하며 팔을 벌렸다. 아이는 많이 안겨 본 듯 선생님께 자연스럽게 안겼다. 선생님은 아이를 진심으로 안아 주었다. 그 모습에 나는 정말 기분이 좋았다. 선생님의 마음이 느껴져 무척 감사했다.

상담이 끝나 갈 때 선생님은 마지막으로 이런 말을 하며,

멀리 떨어져 있는 아이를 걱정하는 나를 안심시켜 주었다.

"어머니, 아이는 걱정하지 마세요. 잘 적응하고 있고, 어른들이 잘 지켜보며 기다리고 있어요."

나는 면담을 통해서 많은 것을 알게 되었다. 그동안 아이를 키우면서 힘들어했던 부분을 선생님을 통해 재해석하고 받아들이게 된 것이다. 선생님의 말씀 하나하나가 가슴에 와닿았다. 참 좋은 선생님이고, 참 좋은 어른이라는 생각이 들었다. 선생님의 말씀을 들으며, 두 아이의 육아를 통해 얻은 지혜와 깨달음을 고스란히 담아낸, 서형숙 작가의 《엄마 학교》에서 읽은 대목이 떠올랐다.

아이는 멀리 바라보고 길러야 한다. 믿고 기다려 주고, 잘하는 것을 찾아 칭찬하고 용기를 북돋워 주고, 자라는 동안 원 없이 놀게 해 줘야 한다. 빈둥빈둥 쉬는 것마저도 삶의 윤활유가 된다. 살아가면서 놀 줄 알고 쉴 줄 아는 사람이 되어야 한다. 공부나 일보다도 그런 것을 먼저 익혀야 한다. 그래야 행복한 삶을 누릴 수 있다.

첫째 아이를 키우는 동안 우리 아이에 대해 이렇게 많은 칭찬을 들은 것은 처음 있는 일이었다. 면담을 하는 내내 기분이 좋았다. 선생님의 말씀에서 그동안 아이의 문제점이라고 생각했던 모든 것이 어른들이 기다려 주지 않아 아이를 문제아로 만든 것이라는 부분은 정말 가슴 아팠다.

나조차도 뭐든 문제가 생기면 아이 탓만 했으니 반성해야 할 부분이 많았다. 면담을 통해 아이에 대해서도, 아이를 바라보는 나에 대해서도 다시 한 번 생각하고 깨닫는 계기가 되었다. 좋은 선생님을 만나 다행이었고 우리 아이가 농촌에서 학교 생활을 할 수 있어 감사했다.

농촌 학교 생활은 내 기대 이상이었다. 우리 아이에게 더없이 많은 긍정적 영향을 주었다. 아이를 위해 기다려 줄 수 있는 어른들이 있고, 아이가 맘껏 뛰어놀 수 있고, 엄마의 눈치를 보지 않아도 되고, 자기 성향대로 지낼 수 있는 그곳에서 아이는 즐겁게 생활했다. 농촌 학교에서라면 아이도 행복해질 것이라고 믿어 의심치 않았다.

유학이 뭐 별거 있나. 아이의 인생에 도움이 될 만한 경험을 쌓기 위함이 아닌가? 그렇다면 조용하고 공기 좋은, 그리고 내가 사는 도시와는 다른 다양한 경험의 기회를 줄 수 있는 농촌 또한 유학 명소가 아닐까 싶다.

스마트폰 대신 학교 놀이터, 학원 대신 자연 학습, 비염과 아토피가 완화되는 깨끗한 공기, 공부보다는 인성을 중시하는 학교, 아이를 안아 주는 선생님, 농촌에서 배우고 놀며 성장하는 아이, 남다름을 인정하고 기다려 주는 어른들의 가르침, 문제아가 사라지는 농촌 생활….

이외에도 농촌이 아이들에게 줄 수 있는 것은 많다. 이곳이 아이들에게 치유의 장소가 될 수 있고, 지상 낙원이 될 수 있을 것임은 틀림없다.

나는 여덟 살 아들을 농촌으로 유학을 보낸 남다른 엄마이다. 내 남다른 선택이 아이에게 행복을 줄 수 있다면 '농촌 유학'은 정말 잘한 선택이 아닐까? 어린 나이, 철부지의 톡톡 튀는 성향을 지닌 우리 아이에게 농촌 유학은 천국이자, 행복을 지켜 줄 수 있는 곳이었다. 그렇게 농촌 유학은 아이가 행복하길 바라는 나의 작은 바람에서 시작되었다.

"많이 보고 많이 겪고 많이 공부하는 것은 배움의 세 기둥

이다"라고 영국의 정치가이자 작가였던 벤저민 디즈레일리
(Benjamin Disraeli)는 말했다.

디즈레일리의 말처럼 많이 보고 많이 겪어 보는 것이 배움
이라면, 아이에게 농촌 유학의 길은 배움의 큰 기둥을 세우는
길이었다. 또 부모가 줄 수 없었던 배움의 길을 열어 주는 길
이기도 했다.

결국 내 아이의
전문가는 나

육아를 하면서 가장 힘들었던 것을 꼽으라고 한다면 첫째는 내 아이를 향한 사람들의 과도한 관심과 정확하지 않은 판단에서 비롯된 '판단'이라고 말하고 싶다.

사람들은 내 아이의 산만함과 톡톡 튀는 행동을 보며 쉽게 한마디씩 지적하고는 했다. 어떤 사람은 정서불안장애라고 했고, 어떤 사람은 사회성이 부족하여 문제가 될 것이라고 했다. 심리 치료 센터나 병원을 찾아보라는 제안을 여러 차례 하기도 했다. 아직 어린아이인데 내 아이의 겉으로 드러나는 단점만을 보고 쉽게 말했다.

의사도 아니고 전문적으로 공부를 한 것도 아니면서 너무 가볍게 결론을 내렸다. 내 아이에 대한 냉담한 시선, 날카로운 지적, 상처 주는 말들…. 그런 주위 사람들의 반응은 안 그래도 남의 시선을 의식하는 예민한 나에게 심한 자극이 되었다. 나는 아이를 더욱더 채찍질했다. 걱정스러운 눈빛으로 생각해 주는 척하는 말들은 언제나 나를 화나게 했고 신경 쓰게 만들었다.

'의사도 아닌 일반인들이 자기 기준으로 아이를 진단하고 판단해서 말하는 것이 정답일까?'

그 말들을 다 믿지도 받아들이지도 않으면서도, 이미 들은 말들은 마음속의 근심거리가 되었다. 부모라면 누구나 그럴 것이다. 내 자식에 대한 것은 사소한 말 한마디라도 걱정이 되고, 기억에 남는 것은 당연하다.

나보다 먼저 이미 아이를 여럿 키워 온 사람들의 조언이나 책이나 매체를 통해 알게 된 지식을 나눠 주는 사람들의 말이 처음에는 그저 고마웠다. 아이를 잘 키우고 싶은 마음에 그 말을 듣고 아이를 심리 치료 센터에 보내기도 하고, 상담선생님과 따로 여러 차례 상담을 받기도 했다. 아이를 키우는 것은 처음 해 보는 일이라 관련 지식이 많지 않았던 나는 걱정해 주는 여러 사람의 말을 믿고 그에 따라 이것저것 시도해 보았다.

어느 누구에게 아이가 상처를 받는 것도 싫었고, 더 나빠지지는 않을까 두려운 마음에 아이를 바로잡아 보고자 했다. 한데 여러 가지의 시도에도 아이는 좀처럼 변화되지 않았다. 우리 아이는 다른 사례의 아이들과 성향이 좀 달랐기 때문이다.

모든 아이가 그렇듯이 아이마다 성향 차이가 존재한다. 그것을 인정하지 않은 채 정형화된 사례를 대입해 아이를 바꾸려고 하니 아이는 늘 제자리걸음이었다.

분명 내 아이에게는 '다름'이 존재했다. 그것을 부정하지는 않는다. 하지만 다름을 다르다고 인정해 주는 것이 아니라, 틀렸다고 혹은 나쁘다고 한다면 그것은 너무 다른 해석이 아닐까 싶다. 그런데 우리 아이를 틀렸다 지적하고, 나쁘다며 문제로 만드는 경우가 분명 있었다.

우리 아이는 말보다는 행동이 먼저였고, 행동보다는 눈물을 먼저 쏟아내는 아이였다. 그러다 보니 자기 의사를 말로 정확히 전달하지 못했고, 때로는 억울한 일을 당하기도 했다. 그리고 그것은 대부분 다른 어른에게서 받았다. 그들의 상처 주는 말과 싸늘한 눈초리는 아이를 더 크게 자극했다.

아이는 자신에게 문제가 있음을 어른들의 입을 통해 듣고 와서 "엄마, 나 치료받아야 해?"라고 묻기도 했다. 아이가 말을 알아듣기 시작하면서는 더 크게 상처를 입는 듯했다.

아이를 생각해서 해 준다는 말이 아이에게는 상처가 되는 것이 더욱 힘들었다. 그러면서 나는 깨달았다.

'내 아이를 정말로 걱정하고 생각하는 사람은 나뿐이구나. 결국 내 아이의 전문가는 나야.'

아이를 가장 가까이서 가장 많은 시간 지켜보는 것도 나이고, 아이에 대한 것이라면 누구보다 잘 알고 있는 것도 나였다. 그런 내가 왜 다른 사람들의 말에 휘둘려 비슷한 상황에 대입해 내 아이를 바꾸려고만 했던 것인지 후회가 되었다.

내 아이가 아프거나 나쁜 것이 아니라, 그저 다른 것일 뿐임을 인정해 주고 싶었다.

처음에 아이를 농촌 유학을 보낸다고 했을 때 주위 사람들의 반응은 냉담했다. 나를 많이들 말렸다. 농촌 유학이 겉으로 보기에는 좋아도 문제가 있다고 했다. 아이들만 보내는 것이라 매일매일을 확인할 수 없으니 다 믿을 수 없다고 말이다. 그러나 나는 다른 사람들의 의심보다는 캠프를 통해 아이에게 실제로 생긴 작은 변화에 더 마음이 움직였다. 무엇보다 남다른 아이의 성향을 있는 그대로 펼쳐 보여도 아이를 잘못되었다고 다그치지 않을 만한 곳을 찾고 싶었다.

아이가 "여기는 스트레스 안 받아"라고 했던 말에 나는 그곳을 믿었고 선택했다. 처음에 적응할 때는 조금 힘들어 하기도 했지만, 결국에는 잘 적응했고 칭찬도 많이 받았다. 아이는 예전의 모습과는 다르게 많이 좋아졌다. 아이와 내가 선택한 농촌 유학은 신의 한 수였다.

나는 이제 어느 누구의 말에도 흔들리지 않는다. 조언은 참고만 한다. 다른 사람들의 말에 상처받거나 휘둘리지도 않는다. 내가 아는 내 아이의 성향을 인정하고, 늘 지켜본다. 아이에게 맞는 육아를 하고자, 잘못된 것은 그때그때 수정해 가며 내 아이에게 맞게 육아 방법을 찾아가고 있다.

내 아이를 진심으로 걱정하고, 가장 잘 이해해 줄 수 있는 사람은 나다. 내 아이 육아 방법을 가장 잘 아는 사람은 엄마인 나이기 때문이다.

내 아이가 아프거나 나쁜 것이 아니라,

그저 다른 것일 뿐임을 인정해 주고 싶었다.

무기력함을
벗어나는 중

'무기력증'은 현대인의 가장 위험한 병이라 불리기도 한다. 무기력증이란 무기력감, 회의감, 피로감, 의욕 저하 등 일련의 증세를 말하는데, 우울증의 초기 증상 또는 동반 증상으로 나타날 수도 있다. 나는 육아를 하면서 무기력증을 겪었다.

무기력증을 경험하다 보니 더 심한 육아 우울증으로 나타났다. 특별한 이유 없이 갑자기 귀찮아지고 모든 일에 의욕이 없어졌다. 기력이 없고, 몸이 축축 처지는 기분이 들었다. 가끔은 몸이 땅속으로 꺼지는 것 같았다. 온종일 하는 것 없이 멍한 상태로 무의미하게 집에서만 시간을 보냈다. 베란다 밖을 보며 넋 놓기를 하루에도 몇 번씩 반복했다. '어차피 안 될 거야', '나는 뭘 해도 안 돼' 하는 부정적인 생각이 머릿속을 채웠다. 그런 생각은 더욱더 나를 무기력하게 만들었다. 자신 감을 잃었고, 자존감이 바닥까지 내려갔다. 다른 사람들과 교 류하는 것이 싫었고, 고립된 생활을 했다. 움직이지 않으면서 도 늘 마음은 조급했고 불안했다. 신경이 날카롭게 곤두서 있 었고 과민하게 굴었다. 쉬고 있어도 늘 피곤했다.

가만히 있다가도 아이들이 어린이집에서 하원할 시간이 되 면 마음이 불안해져 폭식과 과식을 반복했다. 누가 봐도 답답 하고 이상한 은둔 생활을 하면서 고립되어 힘들기만 했다. 왜 그랬는지는 잘 모르겠다. 언제부터 시작되었는지도 생각나지 않는다. 육아를 하다 보니 언제부터인가 무기력하게 있는 나 를 발견하게 되었다. 그때 그 상황에서는 전혀 의욕이란 것이 생기지 않았고, 그냥 손아귀에서 빠져나가는 모래를 보듯이 어떻게 해 볼 수도 없이 매일을 무기력하게 보냈다. 나는 꽤 오랜 시간을 그렇게 보냈다.

그러다 첫째 아이가 농촌 유학을 가고 난 후 나름 마음속에 여유가 생겨나니 나를 돌아보는 시간이 생겼다. 아이들을 위해서라도 무기력함에서 벗어나야 한다는 생각을 했던 것 같다. 아이에게도 좋은 모습으로 비춰지지 않았고, 주위 사람들에게도 늘 걱정을 끼쳤다.

제대로 마음먹지 않으면 무기력함에서 헤어 나올 수 없을 것 같아 굳게 마음을 먹었다. 오랫동안의 무기력한 생활은 이미 습관처럼 붙어 있어 벗어나기가 쉽지 않았다. 지금까지의 내 생활 패턴부터 감정 상태까지 모두 바꾸어야 했다.

처음으로 한 것은 유튜브 동영상을 보고 강연을 듣는 것이었다. 독서가 도움이 된다고 들었지만 책 읽는 것을 워낙 싫어해서 책을 읽어 주는 '북튜버'의 강의를 주로 찾아 들었다. 유튜브로 그동안 읽어 보지 못한 책을 한 권씩 읽어 나갔다. 그리고 나와 같은 육아를 하는, 혹은 육아와 함께 자기 계발을 하는 이들의 이야기를 들었다.

자기 계발을 통해 성공한 사람들의 이야기도 들었다. 나도 육아에만 쏟던 에너지를 돌려 내 인생의 변화를 이루고 성공도 하고 싶었기에 열심히 들었다.

존경하는 강사들의 강연 소식이 있으면 먼 곳이라도 찾아가 들었다. 나와 마주 보고 대화하는 것은 아니지만 실제로 존경하는 사람들의 얼굴을 본다는 것 자체가 왠지 모르게 설

레고 좋았다. 절에 가서 석가모니 불상을 보며 기도하는 것처럼, 성당에 가서 성모 마리아 상을 보며 기도하는 것처럼 직접 보는 것만으로도 마음이 든든하고 나도 할 수 있다는 믿음이 생겼다.

강연장에는 나와 같은 마음으로 강연을 들으러 오는 사람들이 대부분이었다. 나보다 더 힘든 상황에 놓인 사람들도 많았다. 공감대가 형성되어 있는 것 같아 마음이 편안했다. 그곳에서 좋은 영향을 받고 오는 날이면 기분이 좋았다. 그렇게 강연을 통해서 아는 사람들도 하나둘 생겼다. 사람들을 통해 더 많은 정보를 얻었다.

더불어 블로그와 인스타그램 등을 시작했고, 사람들과 소통하기 시작했다. 주부로서, 경단녀로서, 엄마로서 할 수 있는 일을 하나씩 찾아 가는 재미를 찾았다. 알면 알수록 할 수 있는 것, 하고 싶은 것이 늘어났다. 희망을 주는 사람들이 생겼고, 나를 지지해 주고 응원해 주는 사람들도 생겼다. 사람들을 통해, 그 사람들의 말을 통해 나의 부정적인 생각이 점점 긍정적으로 바뀌기 시작했다.

한 달 두 달이 지나가면서부터는 더 활동도 열심히 했고,

꿈도 생겼다. 꿈을 실행하기 위한 배움의 시간도 많아졌다. 변화하고자 의지를 갖고 행동하니 점차 무기력증에서 벗어날 수 있었다.

10년의 육아를 하는 동안 어쩌면 나는 아무것도 하지 않았는지도 모른다. 그저 오늘 하루를 살아 내는 것만이 전부였다. 지금 생각하면 왜 아무것도 하지 않았는지 후회가 된다. '그 시간에 책이라도 읽었다면, 그 시간에 무엇이라도 시도를 해 보았다면 얼마나 좋았을까?' 하는 아쉬움이 남는다. 좀 더 일찍 무기력증에서 벗어났더라면 지금보다 더 많은 것을 할 수 있었을 텐데, 그냥 보내 버린 긴 시간이 너무 아깝다. 속상해도 시간은 되돌릴 수 없지만….

나는 이제 꿈을 위해 배우고, 강연을 듣는다. 좋은 사람들과의 만남을 즐긴다. 집에 혼자 있는 시간에는 책을 읽고 글을 쓴다. 그 속에서 소소한 행복을 느낀다. 무기력함을 벗어나면서 나의 생활은 활기로 가득 찼고 바빠졌다. 생각이 바뀌고 나니 작은 행복들도 느껴진다. '할 수 있다'는 자신감도 생겨났다. 많은 것을 도전하고 배우면서 나라는 자아를 다시 만들고 있는 중이다.

나처럼 무기력증에 빠진 누군가가 있다면, 한 발 내디뎌 밖으로 나오라고 외치고 싶다.

"세상 밖은 참 할 일이 많아요. 좋은 사람도 많고, 좋은 일들도 아주 많다고요!"

누가뭐래도
육아는체력전

육아에서 가장 중요한 것은 체력이다. 엄마의 체력에 따라 육아의 질도 달라진다. 육아를 하면서 정말 힘든 것은 매일의 일상에서 아이와 벌이는 체력전이다.

그런데 내 체력은 하루에도 몇 번씩 방전되었다. 아이는 지치지 않고 계속해서 뛰는데 어느 순간 나는 누워만 있었다. 그동안 운동 신경도 좋고 튼튼하다고 생각하며 살았는데, '저질 체력'임을 육아를 하면서 절실하게 느꼈다.

아이의 발달에 맞게 엄마의 일상을 살펴보면 왜 체력이 육아에서 가장 중요한지 보인다. 아이가 신생아 때는 모든 것을 하나하나 돌보고, 모든 것을 아이에게 맞춰 줘야 한다. 아이가 보내는 신호에 따라 먹이고 씻기고 소화도 시켜 주고 대소변도 처리해 주고 잠도 재워 줘야 한다. 아이와 눈을 맞추며 웃고 노래도 불러 주고 아이를 안고 춤도 춰야 한다. 엄마는 화장실도 한번 마음 놓고 갈 수가 없다. 제시간에 밥을 먹기도 힘들고 잠도 새우잠이나 쪽잠이다.

어디 외출이라도 하려면 아기 띠를 해야 한다. 허리와 어깨에 무리를 주지만 신생아부터 돌이 지나서까지도 안고 업고 다니는 경우가 많으니 아기 띠를 하지 않으면 외출이 힘들다. 10킬로그램 이상이 된 아이를 안고 다니는 것은 쌀가마니를 지고 가는 것이나 다름이 없다. 출산을 한 엄마는 몸의 변화와 함께 이 모든 것을 이겨 나가야 하므로 체력이 약하면 신생아 때부터 육아가 힘들다.

아이가 돌쯤 되면 할 수 있는 일이 많아진다. 걷고 뛰기 시작한다. 굉장히 활발하고 활동적으로 변한다. 아이가 성장 단계를 한 단계 한 단계 올라설 때마다 엄마가 할 일도 더욱 많아진다. 걷기 시작하는 아이와는 같이 걸어 주고, 뛰기 시작하는 아이와는 함께 뛰어 줘야 한다.

몸으로 놀기를 좋아하는 시기도 찾아온다. 그 시기에는 엄마가 안아 주면 자기 발로 가슴을 밟고 걸어 올라가기도 하고, 목마를 타기도 한다. 업으면 엄마의 머리채를 힘껏 끌어당기기도 한다. 엎드려 청소할라치면 등에 올라타 "이랴!"를 외친다. 엄마는 말이 되어야 한다. 어쩌다 엄마가 누워 있으면 그대로 아이의 운동장이 된다.

아이는 엄마를 밟기도 하고, 주먹으로 내려치기도 하고, 앉아 쉬기도 하고, 배 위에 그대로 누워 버리기도 한다. 가끔 누워 있는 엄마 다리를 접어 올리고 발 위에 앉아 비행기를 태워 달라고 조르기도 한다. 그러면 엄마는 비행기로 변신해서 아이를 태워 준다. 가끔 난타 공연도 하고, 무료 콘서트를 강행할 때도 있을 것이다. 이 모든 것이 아이가 작을 때는 그래도 견딜 만하다.

그러나 아이 몸무게가 15킬로그램이 넘고 키가 1미터 이상이 되면 정말이지 힘들어진다. 종일 아이와 있으면 보통 두세 번은 체력이 방전된다. 특히나 남자아이라면 더 할 것이다. 엄마는 방전된 체력을 다시 끌어올리기까지 시간이 오래 걸린다.

하지만 아이들은 늘 에너지가 가득 차 있다. 지칠 만도 한데 오뚜기처럼 다시 일어나서 방전된 엄마를 질질 끌고 다닌다. 이상하게도 아이는 할 줄 아는 것이 많아지면 질수록 체력이 더 넘친다. 반대로 엄마는 아이 뒤치다꺼리와 고강도의 육아로 더 빨리 체력이 고갈된다. 엄마라면 누구나 나처럼 쉽게 자신이 저질 체력임을 경험할 것이다.

남편: "당신 행복했어?"
아내: "행복해도 육체는 힘들어. 마음이 행복한 거지."

연기자이자 가수인 양동근이 〈슈퍼맨이 돌아왔다〉에 처음 나오던 날, 육아에 대해 나눈 부부의 대화이다. 나도 깊이 공감했다. 아이를 키우는 동안 행복한 일은 무수히 많다. 아이가 뒤집기를 하면 기쁘고, 걷기 시작하면 대견하다. 까르르 하는 아이의 웃음소리를 들으면 저절로 웃음이 난다. 아이가 오물쪼물 밥을 먹는 모습은 너무나 귀엽다.

아이가 말을 하기 시작하면 어른들로서는 따라 할 수 없는 혀 짧은 소리에 사르르 녹는다. 엄마, 아빠를 부르며 해맑게 웃으며 뛰어와 안기며 벅차오르는 감동을 준다. 행동 하나하나가 너무나 사랑스럽다. 그렇게 딸 바보, 아들 바보가 된다.

그렇지만 행복해도 육체는 힘든 것이 사실이다. 아이들 때문에 행복하기에 육체가 힘든 것을 참고 견딜 뿐.

남편이 출근하고 나면, 집에서 아이 밥을 먹이고 놀아 주고 간식도 챙겨 주며, 청소에 빨래까지 한다. 아이의 모든 것을 책임져야 하는 엄마는 늘 좋은 체력을 유지해야만 한다.

또 아이가 커 갈수록 어떤가? 밖으로 나갈 일이 많이 생긴다. 공원을 가기도 하고, 놀이동산이나 수영장 등 아이들을 데리고 갈만한 곳은 주변에 널리고 널렸다. 보통의 엄마들은 문화 센터부터 키즈 카페까지 아이의 개월 수에 맞는 곳을 찾아다닌다.

나는 에너지 넘치는 남자아이를 키우느라 더욱 밖으로 많이 나갔다. 집에서 쿵쿵거리고 뛰는 것보다는 밖에 나가서 마음껏 뛰어놀았으면 하는 마음이었다. 그러나 한 가지를 깜빡했다. 아이가 걸으면 엄마도 걷고, 아이가 뛰면 엄마도 뛰어야 한다는 것을 말이다.

넓은 곳에 나온 아이는 마음껏 이곳저곳을 누비고 다녔다. 아이는 걷는 일이 거의 없었다. 얼마나 잘 뛰는지 따라가기 힘들 때가 많았다. 따라가다 보면 숨이 턱턱 막히기도 했다.

사람들 많은 곳에서 아이의 모습이 보이지 않아 식은땀을 흘리며 여기저기 찾아다니는 일도 있었다.

그렇게 아이와의 바깥 활동은 뭘 하든 내 체력이 따라가 주지를 못하고 방전되기 일쑤였고, 내가 쉬었으면 하는 때에도 아이의 에너지는 떨어질 줄 몰랐다. 체력이 딸려 아이에게 화를 내기도 했다. 뒤돌아 생각해 보면 참 안타까운 일이다. 엄마의 약한 체력을 모르는 아이에게는 엄마가 왜 화를 내는지 이해가 되지 않았을 것이다. 아이에게는 미안한 일이었다.

나는 육아의 체력전에서 많은 낭패를 겪었다. 출산과 동시에 갑상선암 수술까지 했으니, 나의 몸 상태는 너무 안 좋았다. 출산했지만 임신 중 불어난 살은 그대로였고, 갑상선암 수술로 갑상선 저하가 되어 더 빠지지 않았다. 이전과는 몸 자체가 달라지니 여기저기 아픈 곳도 늘어났다.

갑상선암 수술 후 호르몬제를 복용했는데 매일 달라지는 나의 신체 바이오리듬을 똑같은 양의 알약 2개로 맞추어야 하는 것이라 그날 그날 약의 효과도 달랐다. 수치상으로는 정상 범위 내에 들어갈지 모르지만, 내 신체 바이오리듬은 확실히 깨져 있었다. 이렇게 망가진 몸 상태를 모르고, 나는 육아에 대한 열정 하나만은 대단히 높았다. 그래서 더 많이 힘들었다.

아들 둘 육아를 해 본 엄마로서 감히 말한다. '육아의 기본은 체력'이다. 육아의 체력전에서 아이를 이길 만큼의 체력을 가진 엄마는 '좋은 엄마'에 필요한 덕목을 갖췄다.

우리 사회는 여성들에게 아이를 낳으라고 하면서 가장 기본이 되는 '체력 증강'에는 관심이 별로 없는 듯하다. 임산부에게 아이를 잘 낳기 위한 운동을 추천할 뿐이지, 아이를 낳고 체력을 유지할 수 있는 운동을 추천해 주지는 않는다. 그러다 보니 엄마들은 임산부 때 아이를 잘 낳기 위해서는 열심히 운동을 하지만, 아이를 낳고 나면 운동을 안 하게 된다.

아이를 가지기 전부터 기초 체력을 튼튼히 해야 함을 말해 주는 곳은 한 곳도 본 적이 없다. 엽산제를 권하거나 임산부 요가를 권하는 곳이 대부분이다. 엽산제를 먹는 것도 중요하지만, 체력을 키우는 것 또한 중요하다고 생각한다. 아이를 낳는 것도 중요하지만, 아이를 잘 기르는 것도 중요하기 때문이다. 아이를 잘 기르는 기본이 체력에서 나온다면 당연히 체력 증강에 많은 힘을 써야 할 것이다. 아이를 가질 계획을 하고 있다면 적어도 1~2년 정도는 기초 체력을 튼튼히 할 것을 권한다. 체력이 밑바탕이 된다면 육아가 좀 더 수월해질 것이기 때문이다.

엄마, 아빠를 부르며 해맑게 웃으며 뛰어와

안기며 벅차오르는 감동을 준다.

행동 하나하나가 너무나 사랑스럽다.

그렇게 딸 바보, 아들 바보가 된다.

육아는 여전히 물음표투성이지만

결혼하면서 늘 마이너스 통장을 썼다. 외벌이하는 남편의 월급은 늘 부족했다. 월급에 맞춰서 살려고 했지만, 생각처럼 쉽지 않은 일이었다. 생활은 점점 더 힘들어져 갔다.

나만 빼고 남들은 다 잘사는 것만 같아 보였다. 어린이집에 가 보면 아이들은 하나같이 브랜드가 있는 비싼 옷들을 입고 다니는 것 같았다. 어린아이임에도 불구하고 말이다. 거기에 좀 신경 쓴다는 엄마들은 아기 기저귀 가방부터가 고가의 명품 가방이었다. 해외여행은 필수 조건쯤 되어 보였다. 다들 여유 있고 편안해 보였다. 나는 늘 부족하고 매달 청구되는 카드값을 걱정하며 아등바등 사는데, 남들은 걱정 없이 사는 듯 보였다.

불안한 삶을 남들에게 드러내고 싶지 않았다. 누군가가 힘든 나의 속내를 알까 두렵기도 했다. 남들을 따라하기도 했고, 나를 일부러 포장하기도 했다. 남들이 자녀에게 명품 옷을 사 입히면 나는 직구를 해서라도 아이에게 유명 브랜드 옷을 사 줬다. 할부를 끊더라도 전집을 사서 책장을 채웠다. 유행하는 장난감이 있으면 웃돈을 줘서라도 구해 줬다. 아이 음식에는 최고급 재료만 썼다. 둘째 아이를 임신했을 때는 태교여행을 해외로 다녀오기도 했다. 2014년 전세가가 최고로 치닫던 시기에 좋은 집은 아니었지만 무리하게 대출을 받아 집도 매수했다.

우리 집의 경제 상황은 늘 그대로인데 무리하게 많은 지출을 하면서 살았다. 더 힘들어질 줄 뻔히 알면서도, 남들처럼 또는 남들보다 누리며 살고 싶었고, 그렇게 사는 것처럼 보이고 싶었다. 남들보다 앞서 나가는 것처럼 보이고 싶었던 욕심이 컸다. 욕심만큼이나 불안도 컸다. 다른 집과 우리 집을 끊임없이 비교했고, 내가 정해 놓은 평균치에 닿기 위해 늘 바쁘고 고단했다.

나의 불안과 욕심이 결국은 육아에도 영향을 미쳤다. 남들처럼 아이를 키우려고 하다 보니 늘 필요 이상의 것을 해 주며 과잉보호를 했다. 좋은 것을 해 줬으니 아이가 남들과 다르게 커 주기를 내심 기대했다. 뭐든 남들보다 멋지게 해내기를 원했다. 아이가 원한 것도 아닌데 먼저 해 주고는, 당연하다는 듯 나의 욕심과 바람을 채워 주기를 아이에게 요구했다.

좋은 옷을 사 주면 좋은 학교에 가고, 좋은 책을 사 주면 영재가 될 거라 믿었다. 나의 바람에 맞춰 주지 못하는 아이를 야단치고 닦달했다. 차라리 해 주지 않고 바라지도 않았다면 아이도 나도 편안했을 텐데⋯. 이러한 깨달음은 아이를 농촌 유학을 보내고서야 시작됐다.

아이가 농촌 유학을 한 곳은 아는 사람 하나 없는 전북 임실이었다. 우리가 살던 곳에서도 차로 3시간가량 떨어진 곳이었다. 학교 엄마들과 단톡방을 통해 소통하기는 했으나, 내가 그곳에 살지 않으니 자주 만날 일도 부딪칠 일도 없었다. 이따금 안부를 묻거나 행사 일정을 묻는 것이 대부분이었다.

다른 집 아이들이 어떤 옷을 입고 다니는지, 어느 학원에 다니는지, 어떤 환경에서 살고 있는지 궁금하지 않았다. 눈으로 볼 일이 없으니 물을 기회도 없었다.

도시에서처럼 아이 친구 엄마들을 아침마다 만나 커피를 마시며 쓸데없는 자랑질에 휘말릴 일이 없으니 편했다. 늘 그러지 말아야지, 내려놓아야지 하면서도 주위의 훌륭한 아이들의 이야기를 들으면 마음이 요동쳐서 학습지라도 하나 더 시키려고 안달했는데 말이다. 아이가 무슨 옷을 입고 다니는지 매일 아침 챙겨 줄 수 있는 상황이 아니니 그 또한 내려놓을 수 있었다.

지금은 비싼 옷보다는 아이가 활동하기에 편한 옷을 사고, 값비싼 전집이 아니라 아이가 보고 싶어 하는 책을 한 권씩 사 준다. 학습지와 학원도 끊었다. 그저 대단한 아이보다는 행복하고 건강한 아이가 되기를 바랄 뿐이다. 그렇게 늘 나와 아이만 제자리걸음을 한다는 데서 오던 불안을 내려놓았다. 남들처럼 성큼성큼 앞서 나가는 것은 아닐지라도, 조금 느리지만 나와 아이 또한 한 걸음씩 앞으로 나아가고 있음을 기억하려 한다.

두 아이를 낳고 육아를 하면서 어느 부분에서는 서툴고, 늘 시행착오를 겪었다. 육아라는 것이 정석도 없고, 정답도 없어서 매번 오는 선택의 갈림길에서 헤매고, 고민한다. 후회도 많은 것이 육아이다. 인생에 무엇 하나 쉬운 게 없다고 하는데, 내게 그중 가장 힘든 것을 말하라면 '육아'라고 답하고 싶다. 그러다 보니 육아를 하는 오늘도 내 머릿속은 물음표투성이다.

그럼에도 오늘도 묻고 대답하고 생각한다. 육아도 인생과 마찬가지로 매 순간 선택하고 행동하고 묻고 답하기를 반복하는 과정이 아닐까? 육아는 언제나 실전형, 현재진행형이다. 책이나 매체에 나오는 육아가 아니라, 실제 나의 육아는 경험을 통해서만 알 수 있다. 그래서 육아는 늘 시행착오를 겪는다. 숱한 시행착오를 통해 나 스스로가 육아의 방향을 잡고, '진짜 육아'를 할 수 있는 것이다.

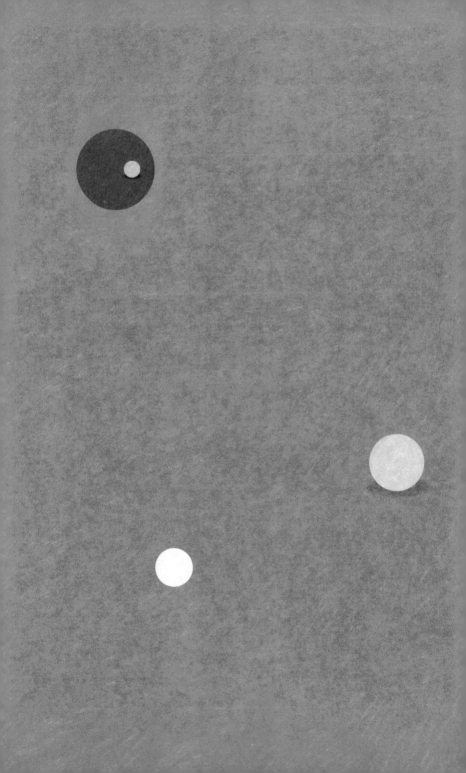

5장

이제 겨우
엄마가
되어 간다

무조건 사랑이라
믿었던 엄마

아이를 키우면서 엄마로서 아이를 대신해 참 많은 선택을 했다. 어른이기에, 엄마이기에 아이가 해야 할 선택까지 모두 내가 선택해서 결정지었다. 아이의 인생을 아이가 아니라 엄마인 내가 다 결정해 온 느낌이다. 아마 나뿐만 아니라 모든 엄마가 그럴 것이다.

특히 첫째 아이를 기르면서 그랬다. 아이에게 전집을 사 준 것도, 학습지를 하게 한 것도, 학원을 보낸 것도, 심리 치료 센터에 보낸 것도, 농촌 유학을 결정한 것도 모두 엄마인 나의 선택이었다.

특히 농촌 유학이라는 선택에 나는 달라졌다. 아이에게만 지나치게 집중되었던 에너지를 내게 돌리고 자기 계발을 위해 힘썼다. 강의를 찾아 들으러 다녔고, 나를 위한 시간을 더 많이 확보했다.

많이 배웠고, 할 수 있는 일들을 찾아서 실행하기 시작했다. 그렇게 나의 꿈도 찾아 갔다. 남들과 비교하고 좌절하던 삶을 벗어던지고 주체적인 삶으로 변화했다.

부모는 조금씩 아이에게 따뜻한 사랑을 전하는 '양육자'에서 남들 눈에 반듯해 보이는 아이로 만들려는 '관리자'로 변한다. 부모가 아이의 관리자가 되려는 것은 올바르게 자라기를 바라고, 다른 사람에게 싫은 소리 듣지 않기를 바라며, 은근히 자신을 욕 먹이지 않기를 바라기 때문이다. 부모는 '다 너를 위해서'라며 아이를 닦달한다. 아이를 닦달하는 부모에게는 아이가 나와 동등한 인격체라는 생각 따위는 없다. 내가 낳았으니, 내가 키우니 온전히 '내 것'이라는 생각이 머릿속을 채운다.

《EBS 60분 부모: 성장 발달 편》에서 나온 내용이다. 나 또한 첫 아이라 무조건 좋은 것만 해 주고 싶었다. 내 안에 있는 모든 사랑을 아이에게 최고의 것을 주는 것으로 표현하고 싶었다. 남들보다 더 잘 키우고 싶은 마음, 엄마라면 누구나 첫째 아이를 품에 안는 순간 이런 생각을 하게 될 것이다. 그래서 뱃속에 있을 때부터 태교를 하고, 신생아에게 전집을 사주고, 기저귀 하나도 고심하며 고르는 것이 아닐까. 내 아이가 좀 더 특별한 사람이 되기를 바라는 마음으로….

아이가 크기 시작하면서 할 줄 아는 것이 늘어나니 내 마음에도 슬슬 욕심이 생기기 시작했고, 비슷한 개월 수의 다른 아이들이 실행한 모든 것을 내 아이에게도 적용했다. 특히나 주위의 영재 아이들의 이야기를 듣는 날에는 더욱 아이의 모습을 신중히 관찰하고, 부족한 점을 찾아내고는 했다. 그런데 바로 그것이 아이를 괴롭혔다.

남들보다 말이 빨랐으면, 걸음마를 빨리 뗐으면 하는 나의 조바심이 아이를 다그치게 했다. 나의 채찍질에 아이가 조금 변화된 모습을 보이면 그에 만족하지 않고 더욱 아이를 닦달했다. 때로는 무서운 사감선생님처럼 굴기도 했다.

하기 싫어 하는 아이를 강압적으로 몰아세웠다. 그렇게 아이를 내 뜻대로 주무르려고 했다. 그때는 그게 아이에 대한 사랑이라고 굳게 믿었다.

내 아이이기에 커서 좀 더 편하게 살았으면 했고, 그러기 위해서는 특별한 능력이 있어야 한다고 생각했다. 좀 더 엄한 엄마, 똑똑한 엄마가 되어야 했다. 내 머릿속은 온통 아이에 대한 생각뿐이었지만 방향은 빗나가 있었다.

'어떻게 하면 아이를 잘 키울 수 있을까?'

아이를 위한 내 선택을 위해 고민하고 또 고민했다. 나는 늘 내가 아이를 사랑하기 때문에 나를 희생하고 있다고 생각했다. 그렇기에 아이가 내 생각대로 행동하고 커 주길 소망했다. 이런 독단적인 생각조차도 아이를 위한 길이라고 생각했다. 지금 생각해 보면 얼마나 어리석은 엄마였는지….

그랬던 내가 늦게나마 육아서를 읽으면서 나 자신을 제대로 볼 수 있었다. 나는 아이를 나의 소유물로 다루는 경우에 속했다. 화를 유난히 잘 냈고, 아이를 보는 나의 기준이 너무 높고 경직되어 있었다. 종일 아이를 쫓아다니며 아이의 단점만 찾았다. 아이는 내 눈에 차지 않았고, 당연히 아이의 행동은 온종일 야단 칠 것밖에 없었다.

아이가 또래와 싸우거나 문제를 일으키면 "너는 왜 그러니?" 하며 따지고 물었다. 나나 내 아이가 다른 사람에게 싫은 소리를 들을까 봐 걱정했고, 신경을 썼다. 전체적으로 나는 아이를 양육하는 태도가 독재적이고 강압적이었다. 아이를 사랑하지 않는 것은 아니었지만 사랑은 일방적이었다. 사랑한다는 말 아래 아이를 지적하고 비난하며, 끊임없이 다른 아이와 비교하고 혼냈다. 돌이켜 생각해 보면 참 어리석고 빗나간 사랑이었다.

좋은 것을 주려고 하는 엄마의 마음은 누구나 같을 것이다. 하지만 그 좋은 것도 아이가 행복하지 않다면, 아이가 원하는 것이 아니라면 다시 생각해 봐야 한다. 언제나 아이의 행복이 최우선이니까.

영재가 되기를 원하기보다는 인성이 훌륭하고 행복한 아이가 되기를 먼저 생각해야 한다. 이를 육아를 하는 모든 엄마들이 일찍 깨우치고 내려놓길 소망한다. 그래야 육아가 쉬워지고 편안해진다.

다음은 편안한 육아를 위한 나의 엄마 선언이다.

엄마 선언

저는 10년의 육아 끝에 이제야 지난 잘못을 깨닫고 반성합니다. 어리석은 사랑이 아닌 지혜로운 사랑을 해 나가기 위해 끊임없이 노력할 것을 다짐합니다.

저는 다음과 같이 반성합니다.
그동안 제 기대를 채우려는 욕심을 사랑으로 착각했습니다. 독재자처럼 아이를 제 뜻대로 하려고 했습니다.
제 자신에게도, 아이에게도 희생을 강요했습니다. 제가 마음대로 정한 기준에 못 미친다고 아이를 야단치고 다그쳤습니다.

저는 다음과 같이 결심합니다.
제가 좋은 것을 해 주기보다는 아이가 좋아하는 것을 해 주겠습니다. 제 기대와 욕심은 내려놓고 아이의 존재 자체를 바라보겠습니다.

제 뜻이 아닌 아이의 뜻을 먼저 존중하겠습니다. 제 인생에도, 아이의 인생에도 희생을 강요하지 않겠습니다.

제 욕심은 아이를 다만 지켜보는 관심으로 바꾸어 표현하겠습니다. 무조건적이고 일방적인 사랑보다는 아이가 원하고 느낄 수 있는 사랑을 주겠습니다.

세상의 답안지로
채점할 수 없다

세상에는 보편화되었지만 잘못된 어른들의 인식이나 왜곡된 삶의 가치관이 존재한다. 늘 아이들을 시험에 들게 하고, 채점한다. 자신들이 보고 있는 답안지가 정답지인 양 착각한다. 세상에는 정답지가 아닌 답안지들이 무수히 많다. 그것으로 채점하고, 점수를 내어서 잘하고 잘 못하고를 판단하는 것은 어른들의 잘못된 습관이 아닐까?

언제부터 '착한 아이와 나쁜 아이', '영재와 문제아', '잘 키운 아이와 잘못 키운 아이' 등으로 나누어 놓은 걸까? 아직 한참 더 자라나야 할, 무한한 가능성을 품은 아이들을 함부로 채점하고 등급화했던 어른들의 기준과 판단….

예전에는 그저 아이와 어른으로 나누어, 아이는 아이로만 바라보았다. 아이이기에 할 수 있는 것들을 수용하고, 아이니까 그럴 수 있음을 인정했다. '문제아'라는 말도 잘 쓰이지 않았다. 그런데 오늘날은 어른들이 정해 놓은 체크리스트가 있고, 그것에 준해서 아이를 채점한다. 어른들이 모여앉아 '이런 아이가 좋다, 이래야 한다, 저건 잘못된 것이다' 등 주관적인 어른들의 인식을 주입시켜 보편화시켰다.

요즘은 어른들이 돌보기 편한 조용한 아이, 영재로 자란 아이들의 행동을 똑같이 따라하는 아이들이 좋은 점수를 받는다. 가령, 커피숍에서 가만히 앉아 어른들의 시간을 빼앗지 않는 아이, 호기심을 얼마나 지녔는지보다는 가르친 지식을 그대로 흡수하는 아이, 뛰어 놀기보다는 앉아서 책을 읽는 아이 등 어른들이 하는 말을 거부하지 않고 그대로 들어주는 아이가 '착한 아이, 잘 키운 아이'로 채점된다.

학교나 학원에서 가르쳐 주는 대로, 주입식 교육에 충실한 아이에게는 "잘했다"라며 칭찬을 한다. 교육열이 높은 요즘 엄마들은 아이들의 영재성을 미리 판단한다. 엄마들은 영재들의 행동 방식이나 공부 방식을 익혀 잘 알고 있어서 그대로 따라와 주는 아이들을 좋아한다. 책을 많이 읽거나 엄마가 등록해 준 학원에 다니며 잘 적응해서 시험 점수를 높게 받아 오면 그 아이는 '영재' 혹은 '잘 키운 아이'로 불린다.

  야생마의 성향을 가지고 있는 우리 아이는 활동하기를 좋아했고, 답답한 교실보다는 야외에서 하는 활동에 더 적극적이었다. 호기심이 많아 항상 손으로 무언가를 만져야만 했고, 그러다 사고를 치는 일도 종종 있었다. 그러면서도 감성적이고 마음이 약해서 작은 일에도 상처를 많이 받았고, 상처를 받으면 울분을 토했다. 그러다 보니 다른 사람들의 눈에는 산만하고 과잉 행동을 하는 까칠한 아이로만 보였을 것이다.

  그런 우리 아이를 '주의력결핍 과잉행동장애'를 갖고 있다고 보는 사람도 많았다. 아동 심리 센터나 병원에 가 보라는 권유를 받기도 했다. 치료를 하지 않으면 내 아이가 사회생활을 하지 못할 것처럼 말하는 이들도 있었다. 세상이 정한 정답으로 채점한다면 우리 아이는 그저 오답뿐인 답안지를 제출한 것 같았다.

  우리 아이는 자기조절능력이 조금 늦게 발달하는 아이, 느린 아이일 뿐이었다. 아이가 잘못되었다고 하기보다는 이해하려고 노력했다. 심리 치료, 놀이 치료를 했고 병원에도 다녀봤다. 그리고 도시에서 벗어나 시골 생활을 하면 달라질까 싶어 농촌 유학도 보냈다.

아이는 농촌에서 생활하며 친구들과 친해지는 방법을 배우고, 자연과 어우러지는 생활을 했다. 화가 나거나 상처를 받았을 때 울음이 아닌 말로 풀어 가는 방법을 하나씩 익혀 나갔다. 초등학교 1학년을 농촌에서 보내는 동안 아이는 몰라보게 많이 좋아졌다. 아이의 문제가 하나씩 좋아지기 시작했다. 내 눈으로 보고 경험했기에, 앞으로도 아이가 점점 더 좋아질 것이라 믿는다.

우리 어른들 모두가 세상이 정한 답안지로 아이를 채점하지 않았으면 한다. 그것은 세상이 말하는 답안일 뿐, 단 하나의 정답이 아니다. 아이들은 제각각 다른 성향을 띠며, 지닌 재능과 역량도 다르다. 언제, 어디서, 어떤 모습으로 변할지는 아무도 모른다.

지금 보며 채점하고 있는 답안지는 정답이 아닐 확률이 높다. 혹시 내 아이가 오답뿐인 답안지를 들고 있다고 착각하고 속상해하고 있지는 않은가? 섣부른 판단은 금물이다. 그 누구도 내 아이에 대한 정답지를 들고 있지 않다.

아이는 '무한계 인간'이다. 만물이 변하듯 아이도 변한다. 지금 채점해서 나온 결과는 무의미할 뿐이다.

우리 어른들 모두가 세상이 정한 답안지로
아이를 채점하지 않았으면 한다.
그것은 세상이 말하는 답안일 뿐,
단 하나의 정답이 아니다.

밤하늘의 별을 보듯
아이를 보다

아이들은 하늘의 별과 같다. 하늘 어디에 자리를 잡고 있든 반짝반짝 빛나기만 하면 된다. 별이 크든 작든 중앙에 있든 가장자리에 있든 그것은 중요하지 않다. 그저 하늘 어딘가에서 빛나기만 하며 그건 별이다. 그러니 다른 별들과 비교할 필요가 없다.

아이 셋을 기르던 주부에서 스타강사로 도약한 김미경 강사의 '진짜 나를 찾는 시간 THE REAL ME' 강연의 일부분이다. 이 강연에서는 아이들은 그 자체로 하늘의 별과 같이 반짝반짝 빛이 나는 존재이므로 비교할 필요가 없다고 강조했다. 또한 아이들을 비교하면서 시간 낭비하는 모임은 하지 말라고 조언하기도 했다. 나도 아이를 키우는 엄마로서, 강연의 말 한마디 한마디가 너무 좋았고 공감되었다. 강연을 통해 늘 다른 아이들과 비교하며 아이를 다그치던 내가 좀 더 멀리서 아이를 지켜볼 수 있었다.

예전에는 아이가 어린이집에 가면, 친구 엄마들과 집에 모여서 커피를 마시며 이야기를 나눴다. 대부분 아이들에 관한 이야기들이었다. 공부 잘하는 아이가 어떤 책을 보는지, 어떤 학원에 다니는지, 어떤 방식으로 공부하는지를 궁금해했다. 공부는 모두의 관심사였다.

그 시간에 오고 갔던 이야기는 도움이 되기도 했지만 내 머릿속에 고민거리를 한가득 안겨 주었다. 우리 아이는 다른 아이에 비해 느린 걸음을 하는 아이라 늘 뒤처진다는 느낌을 받았다. 사람들과 헤어지고 나면 내가 아이에게 해 줘야 할 목록이 머릿속을 맴돌았고, 목록은 끝이 보이지 않았다. 그때는 커피 타임이 사람들과 소통하는 시간이라고 생각했는데, 지금에 와 생각해 보면 내게는 오히려 고통의 시간이었다.

어느 날, 문득 밤하늘을 올려다보았다. 반짝반짝 빛나는 별들이 보였다. 그저 하늘에서 빛나고 있는 것만으로도 너무 아름다웠다. 어느 위치에, 어떤 밝기로 빛나고 있든지 상관없이 모두 아름다울 따름이었다.

'저 별을 바라보듯이 우리 아이도 멀리서 바라본다면, 천방지축으로 귀엽고 예쁜 아이 중의 하나가 아닐까?'

그랬다. 그저 아이라 천방지축이었을 뿐이었다. 나만 몰랐을 뿐, 우리 아이도 별처럼 빛나고 있었다. 방에서 잠든 아이의 모습을 보니 순한 아이의 얼굴이었다. 바라보기만 해도 예쁜 아이. 별처럼 반짝반짝 빛나는 아이. 밤하늘의 별을 바라보듯이 멀리서 바라보니, 내 마음이 편안해졌다. 나는 아이를 바꾸려 노력하기보다 한 걸음 떨어져서 지켜보기로 마음먹었다.

엄마의 행동이 바뀌면 아이의 행동도 바뀐다. 엄마들과 아이 이야기를 하는 대신에 이제는 책을 읽고 강연을 찾아 듣는다. 다른 엄마들과 자녀들에 대한 대화를 나누면, 꼭 우리 아이만 뒤처지고 문제가 있는 것은 아닌가, 고민이 되고 속상할 뿐이다. 그런데 책과 강연을 접하면 내 아이를 수용하고, 인정하고, 밑도 끝도 없는 고민이 아닌 앞으로 나아가야 할 육아의 방향을 찾아갈 수 있다.

내 안에서도 육아에 대한 통찰력이 점점 생겨났다. 또 강연을 들으며 무언가에 도전할 용기도 생겼다.

책과 강연은 삶의 에너지를 다시 나에게 돌리는 계기이기도 했다. 그동안 집안에서 아이를 기르고 살림만 하던 내가, 아이의 일과가 곧 나의 일과였던 내가 나를 위한 시간을 가지면서 달라지기 시작했다. 강의를 들으러 다니느라 바쁜 시간 탓에 아이에 대해 날카롭게 신경 쓰던 일들이 무덤덤해지기 시작했고, 배움 덕에 삶의 활력소를 되찾았다. 바쁘고 피곤하기도 했지만 기분은 좋았다. 엄마인 나의 기분이 좋으니 집에서 아이와 마찰이 생기는 일도 줄어들고 사이도 점점 좋아졌다. 그렇게 나의 삶이 행복해지니, 아이 또한 행복해졌다.

"엄마가 행복해지면 아이는 엄마의 감정을 그대로 느끼며 따라 행복해진다."

요즘 행복해하는 아이를 보면서 나는 더없이 기쁘다. 이제는 아이를 하늘에서 반짝이는 수많은 별 중 하나라 생각한다. 하늘 어디에 있든 그 자체로 빛나는 별 말이다. 아이는 자기 자리에서 자신의 역량만큼 잘 해내리라 믿는다. 존재만으로 도 충분히 빛난다. 특별히 더 빛을 내려 하지 않아도 된다.

엄마의 사랑이라는
마스터키

어린이집과 유치원을 다닐 때 아이가 보였던 문제 행동은 주로 나에게서 비롯되었다. 내가 피곤해서 힘들어 하거나 아이를 혼내는 날은 아이가 꼭 문제를 일으켰다.

나는 생활 속에서, 책을 통해서, 상담을 통해서 엄마의 사랑이 부족하면 아이가 문제를 일으킨다는 것을 알게 되었다. 엄마의 사랑이 아이에게 얼마나 중요한지 점차 배워나갔다.

모든 아이는 내면에 사랑으로 채워지길 기다리는 '감정의 그릇(emotional tank)'이 있다. 아이가 정말 사랑받고 있다

고 느낄 때 그 아이는 정상적으로 발육하지만, 그 사랑의
그릇이 비었을 때 그 아이는 그릇된 행동을 행하게 된다.
수많은 아이의 탈선은 빈 '사랑의 그릇(love tank)'이 채워지
기를 갈망하는 데서 비롯된다.

정신과 의사 로스 캠벨(Ross Campbell)의 말이다. 그렇다고 내
가 아이를 사랑하지 않은 것은 아니다. 아이에게 사랑을 주
지 않은 것도 아니다. 다만 사랑으로 채워지길 기다리는 아이
의 '감정의 그릇'을 다 채워 주지 못했을 뿐이다. 거기에는 나
의 건강 상태가 한몫을 했다. 늘 빨간불이었던 나의 몸 상태
가 사랑의 결핍을 만들었다. 아이가 감정의 그릇을 채우기 위
해, 관심받고 사랑받기 위해 그 위험하고 난폭한 행동을 했다
는 것도 이제는 안다.

나는 아이가 엄마의 사랑을 필요로 한다는 것을 알았기에,
변해야 했다. 아이가 느낄 수 있고 원하는 만큼의 사랑을 주
기 위해 노력했다. 아이에게 좋은 말을 많이 해 주고, 사랑한
다는 표현을 자주 해 주었다. 손을 잡는다거나 꼭 안아 준다
거나 하는 스킨십도 많이 시도했다.

아이에게 사랑을 듬뿍 주어야 한다는 것을 알지만 그동안

습관이 되어 버린 무뚝뚝한 내 행동이나 말투를 쉽게 바꾸기는 어려웠다. 다정하게 말하다가도 화가 나면 무섭게 혼내기도 했고, 아이를 안아 주고 잘 토닥여 주다가도 피곤하면 아이를 밀쳐내기도 했다. 엄마는 그대로인데 엄마의 가슴까지 올 만큼 커버린 아이를 안아 주다 보면 이미 훌쩍 커버린 아이가 버거울 때도 많았다.

부모의 따뜻한 포옹과 스킨십은 아이들의 가슴을 덥혀 주고 그 온기가 고스란히 세포 속에 남아, 그 아이가 자라면서 사랑이 고갈될 때마다 다시 되살아나 가슴을 덥히는 위력을 발휘한다. 사랑이 담긴 부모의 손끝에 하늘 같은 아이들의 일생이 달려 있다. 젖먹이 애기가 칭얼거리며 보챌 때, 그냥 젖만 물릴 때, 젖을 물리면서 여기저기 쓰다듬어 줄 때, 젖을 물리고 쓰다듬어 주며 자장가나 이야기까지 들려 줄 때와는 정서적으로 확실한 차이가 있다고 한다. 아이들은 육체적인 배고픔보다 정서적인 배고픔을 채워 주는 것이 최고의 보약이다.

부모의 사랑과 보살핌을 제대로 받지 못하는 아이들은 어딘가 모르게 티가 나게 마련이다. 부모의 따스한 손길은 고기반찬보다 더 소중한 것이다. 바쁜 일과 속에서 한 번 더 마음을 쓰고 사랑을 주면 아이들은 정성을 쏟은 만큼 자란다.

〈중부매일〉 신문의 '엄마의 사랑을 먹고 자란 아이는 탈선하지 않는다'의 일부이다. 이 기사 내용만 보더라도 엄마의 사랑이 얼마나 중요한지 다시금 알 수 있다.

엄마의 사랑은 아이의 문제를 풀 수 있는 마스터키이다. 시행착오가 많은 육아에서 꼭 필요한 마스터키! 나는 오늘도 필요할 때 잘 쓰일 수 있도록 사랑이 담긴 마스터키를 살펴보고 닦는다.

엄마의 사랑은

아이의 문제를 풀 수 있는 마스터키이다.

우물 안을
뛰쳐나오는 개구리

나는 두 아들의 엄마, 주부, 경력 단절 여성이었다. 결혼과 함께 두 아이를 낳아 길렀고, 첫째 아이가 초등학교 1학년이었다.

주부로 육아에 지쳐 하루하루를 보낸 나는 10여 년의 경력 단절로 할 수 있는 것도 없고, 하고 싶은 것도 없는 슬픈 현실 속에서 살아가고 있었다. 누가 봐도 우울하기 짝이 없었다.

'집순이 엄마'였던 그동안의 나는 우물 안 개구리의 삶을 살았다. 개구리가 우물 안에 갇혀 생활하듯, 나의 세계를 집으로 한정짓고 울타리를 세운 채 그 안에서 스스로 갇혀서 지낸 것이다.

그러면서도 늘 높은 곳을 바라보며, 좋은 것만 원하고, 편한 것만 갈망하며 나를 괴롭혔다. 아이에게 좋은 것만 주고, 좋은 집에서 살고 좋은 차를 타고 다니면서 사치스러울 정도의 화려한 삶을 살기를 원했다. 이미 그렇게 살고 있는 것 같은 사람들을 부러워했다.

부러움은 늘 화를 불러일으켰다. 내 가족을 타인의 가족과 비교하며 불화를 만들었고 내 삶의 터전에도 늘 불만을 품었다. 내가 영위하고 있는 삶이 별볼일없고 부적절하다고 생각했다.

자격지심은 자존심을 상하게 만들기도 했다. 나 자신과 가족에게도 끊임없이 상처를 냈다. 또한 일어나지 않은 미래의 일을 걱정하며 하루를 1년처럼 살아냈다. 하루가 너무 길었고, 행복하지 않았다.

갑상선암 수술 이후 몸이 좋지 않았는데, 어느 날의 나는 스스로 체력을 밑바닥까지 끌어 내리고 있었다. 살아가고 싶은 의욕조차 들지 않았다. 나 자신을 한없이 괴롭혔다. 이미 물어뜯다 못해 만신창이가 된 나 자신을 집어 던지고 싶었다. 집에 있는 것이 싫었다. 나의 집은 깊고 어두운 우물과 같았다. 그리고 나는 그저 그 안에 있는 개구리였다.

인생은 늘 힘들었고 고되기만 했다. 나 자신을 보살필 겨를도 없이 그저 하루하루를 힘겹게 살아 냈다. 마음속에는 언제나 불만을 삶의 연료로 가득 채우고, "난 불행해" 되뇌이는 순간들이 이어지던 삶이 계속되었다.

그때가 서른여덟이었다. 백세 시대라는데, 난 아직 반도 살지 못했는데, 이렇게 똑같은 삶을 반도 더 이어나갈 자신이 없는데, 그렇다고 포기하기란 더더욱 아깝고 안타까운데…. 나는 이제 그만 우물에서 뛰쳐나오고 싶었다.

'왜 이렇게 갇혀 지내야만 하는 거야. 왜 나만 불행해야 하는 거야.'

나는 내 안을 채우고 있는 불만을 모조리 토해 내고 싶었다. 그동안 내가 원하던 삶을 살지 않았음을 알았고, 원하지 않은 것들을 버리고 싶었다. 원하는 것을 찾고 싶어졌다. 나도 마음껏 살아 보고 싶어졌다. 더는 '우물 안의 개구리'로 살고 싶지 않았다.

그동안 아이가 어리고 내 몸이 아프다는 핑계로 늘 집에서만 생활하다 여러 해를 그렇게 지나면서 어느새 나이를 먹는 것조차 잊어 버렸다. 아이는 어린이집에서 유치원으로, 유치원에서 학교에 들어가 이제는 제법 할 줄 아는 것이 많아진 어린이가 되었는데 나는 늘 그대로였다. 더는 이렇게 살 수는 없었다.

'누구에게나 단 한 번 주어지는 인생인데, 이렇게 사는 것은 아니지 않을까?'

그때부터 내가 할 수 있는 것부터 바꿔 보기로 결심했다. 막상 실제로 맞닥뜨린 세상은 집안에서만 바라본 바깥세상과 달랐다. 그럼에도 그동안은 상상하지 못했던 거대하고 화려한 그곳에서 나는 다시 한 번 온 힘을 다해 도움닫기를 해서 높고 멀리 뛰었다.

어찌 되든, 무엇이 되었든, 내 힘으로 해 나가는 모든 일은 내 인생이 되고, 나라는 사람 자체를 스스로 알아주는 일이 될 테니 한번 뛰어 볼 만하지 않을까? 오늘도 힘을 내면서 그렇게 나는 나를 응원한다.

6장

오늘은
찬란한
꿈을 꾸는 중

엄마는
꿈이 뭐야?

"엄마는 꿈이 뭐야?"

첫째 아들이 저녁 식사를 준비하고 있는 내게 와서 갑자기 꿈에 관해 물었다.

"엄마는 어렸을 때 선생님이 꿈이었지."

"근데 왜 선생님 안 해?"

"너도 공부하는 거 싫지? 엄마도 어렸을 때 너처럼 공부하기 싫었어. 그래서 공부를 안 했더니 선생님이 되지 못했어."

"왜?"

"선생님은 다른 사람을 가르쳐 주는 사람이잖아. 그러려면 더 많이 공부해서 더 많이 알고 있어야 하거든."

갑작스러운 아이의 물음에 '선생님'이라 대답한 것은 문득 어렸을 적 받아 들었던 생활기록부와 가정통신문이 떠올라서였다. 그때 나는 특별한 재능이 없었고, 공부를 좋아하지도 잘하지도 않았다. 가정 형편이 좋지 못해서 새로운 분야를 접할 기회가 많지도 않았고 배우고 싶은 것을 마음껏 배울 만한 상황도 아니었다. 그러다 보니 딱히 꿈도 없었던 것 같다.

어른이 되고 결혼하고 가정과 아이가 생기고 엄마가 되고…. 여자였던 나는 엄마의 삶을 보며 그저 그렇게 어른이 되면 엄마가 되는 것이 여자의 일생이라 어렴풋이 생각했던 것 같다. 그 삶에서 조금 더 편하게 살고 싶은 마음뿐이었다.

국민학교, 그러니까 요즘의 초등학교 시절에 그때는 1년에 한 번 학교에서 보내는 가정통신문에 부모와 아이가 각각 원하는 장래희망을 쓰는 칸이 있었다. 나의 부모님은 늘 '선생님'이라 적었고, 나는 장난처럼 '현모양처'를 써 내다가 어느 해부터인가는 귀찮아져, 부모님이 '선생님'이라고 쓴 칸 아래에 똑같이 적어서 냈다. 내가 원하는 꿈을 적극적으로 고민해서 쓰기보다는 안전하게 부모님을 따라 선생님이란 직업을 써 놓았다. 장래희망은 아이의 꿈이라기보다는 그저 성인이 되어 가졌으면 하는 직업군이었는지도 모른다.

'육아를 하면서 꿈에 대해 생각해 본 적이 있었던가?'

나는 꿈이 없었다. 아이를 낳고 완전히 엄마의 길을 걷기 시작하면서부터는 특별히 '꿈'이란 단어를 떠올려 본 적이 없었다. 육아를 하면서 아이의 미래에 대해서만 생각하고 꿈꿔왔다. 하지만 정작 나의 꿈에 대해서는 생각해 본 적이 없었다. 엄마이고 주부인 내가 나만의 꿈을 꾼다는 것은 왠지 이기적이고 사치스러운 일처럼 느껴졌다.

텔레비전을 보거나 책을 읽거나 하다못해 가끔 보는 드라마를 보아도 자신의 꿈을 향해 나아가는 사람들에 관한 내용이 대부분이었다. 그렇게 꿈을 찾아 가는 사람들의 이야기를 접할 때면 허상인 듯 느껴졌다. 육아만으로도 충분히 힘든 지금 이 상황에서 꿈이라는 단어는 나와는 상관없었고, 현재의 내 삶과도 전혀 어울리지 않았다. 생각해 봐야 그려지지 않는 미래였고, 남들에게만 해당하는 신기한 이야기일 뿐이었다.

현재 내 생활에서는 아이에 대한 생각뿐이었고 아이가 아닌 나에 대해서는 생각할 겨를조차도 없었다. 초보 엄마라 그저 아이가 전부였고 아이를 위해서만 생각하고 살아왔다. 누가 시킨 것도 아닌데, 당연한 듯 말이다. 나는 내 인생이 아닌 아이의 인생을 살고 있었다. 아이에 대한 생각만으로도 하루는 가득 찼고 여유가 없었다. 늘 벅차기만 했던 나의 육아 속에서 '나만의 꿈'은 없었다.

아이가 다시 물었다.

"그럼, 엄마는 하고 싶은 게 뭐야?"

언젠가 '내가 하고 싶은 것은 뭘까? 온전히 나를 위한 삶을 살아갈 수 있을까?' 하고 생각해 본 적이 있었다. 육아를 하며 무기력하게 보냈던 시간을 되돌아보고, 책을 읽으며 낡은 생각을 바꾸기 시작하면서 나 자신에게 했던 무수한 질문 중 하나였다. 그 질문을 속에서 꿈 하나를 발견했다. 바로, 글쓰기였다.

"음…. 엄마는 작가가 될 거야. 책을 쓰는 작가가 되는 게 엄마의 목표이자 꿈이야. 그래서 엄마는 열심히 배우고 읽고 틈틈이 글을 쓰고 있어."

"응. 그럼 엄마는 공부하고 책을 써서 작가도 되고, 선생님도 되면 되겠네?"

"으응? 그래, 엄마가 노력해 볼게."

아직 초등학교 1학년인 아이는 엄마가 공부하고 있다니 선생님이 될 수 있다고 생각한 모양이다. 그런데 작가가 된다면 글쓰기를 가르치는 선생님이 될 수도 있으니 아주 불가능한 말은 아니었다. 아들의 말에 많은 생각이 들었고, 더 많이 공부해야 하고, 더 큰 노력을 해야 한다는 것을 알았다. 아들과의 대화 속에서 나에게는 꿈 하나가 더 생겼다.

꿈이 생긴다는 것은 참 즐겁고 행복한 일이다. 그 꿈을 위해 달려야 하니, 내 삶의 원동력 하나가 더 추가된 셈이다. 뜬금없는 아들의 질문에 당당히 대답해 놓고 보니 내 대답은 곧 지켜야 할 꿈이 되어 있었다. 아들과의 약속이 된 것이다.

다행히 나는 현재 공부하고 있고, 책을 통해서 성장하고 변화하는 중이다. 뭐든 내가 할 수 있는 일, 좋아하는 일을 찾고, 배우고, 실천한다. 갑작스러운 아이의 질문에 주저하지 않고 대답할 수 있었던 것은 아마 이런 지난 시간이 있어서가 아닐까 싶다.

"엄마는 꿈이 뭐야?"
"엄마는 하고 싶은 게 뭐야?"

엄마라면, 한 번쯤은 자녀로부터 이런 질문을 받을 것이다. 특히나 초등학생이 된 자녀들은 종종 꿈에 관해 이야기한다. 그런데 주위만 살펴보아도 육아를 하는 엄마에게는 꿈이 없는 경우가 대부분이다. 사실 육아에 지쳐서 그저 하루하루 살아 내는 것만으로도 벅차서 꿈은 생각할 겨를조차도 없는 것이 현실이다.

그런 시간 속에서도 한 번쯤 자신의 꿈에 대해서 생각해 보고, 꿈을 이루기 위해 노력했으면 한다. 모든 엄마들이 꿈 하나 있는 것만으로 삶이 얼마나 달라지는지 꼭 느꼈으면 좋겠다. '육아에 대한 이야기를 쓰는 작가'가 꿈인 나처럼 말이다. 나는 육아가 참 힘들었지만, 그 속에서 내가 할 수 있는 일을 찾게 되어 기뻤고, 꿈에 한 걸음씩 다가갈 수 있어 행복했다.

배움의 길은 도처에 있고, 할 수 없다는 핑계만 대지 않는다면 무엇이든 도전할 수 있다. 이 글을 읽는 당신이 언젠가 아이에게 꿈에 관한 질문을 받았을 때 "엄마는 사는 게 바빠서 꿈을 꿀 시간이 없었어"라는 대답보다는 당당하게 자신의 꿈을 말할 수 있는 엄마가 되었으면 한다. 모든 엄마들은 위대하고, 엄마들의 꿈은 찬란하다.

모든 엄마들은 위대하고,

엄마들의 꿈은 찬란하다

엄마는
작가가 되고 싶어

첫째 아이가 농촌으로 유학을 떠난 뒤 한참 동안 적응하는 시기가 있었다. 그때 아이에게서 전화가 많이 왔었다.

문득 멍하니 밖을 바라보다, 아들이 전화해서 "엄마, 보고 싶어요" 하며 울던 소리가 귓가를 맴돈 날이었다. 가슴이 아팠다. 머리로는 '괜찮아, 괜찮을 거야'라고 했지만, 마음이 허전하고 눈시울이 붉어지는 것은 어쩔 수 없었다. 아이를 농촌으로 보낸 미안함도 가슴을 짓눌렀다. '내가 아이를 잘 키우고 있는 것인가?' 하는 의문이 들었다.

아이의 빈자리가 뼈저리게 아팠다. 가슴이 먹먹하고, 눈물이 왈칵 쏟아졌다. 그 순간 '아이가 농촌에서 달라지는 동안 엄마인 나도 달라져야지' 하는 생각이 들었다. 농촌 학교로 보낸 것은 아이를 위한 일이었지만, 아직은 엄마의 사랑을 필요로 할 나이에 가족과 떨어져 혼자 있을 아이를 생각하면, 가장 먼저 나 자신이 바뀌어야 한다는 생각이 들었다. 언젠가 아이가 돌아왔을 때 좀 더 나은 엄마의 모습을, 좀 더 멋진 엄마의 모습을 보여 주고 싶었다. 나의 삶을 바꿔 보고자 하는 의지가 조금씩 생겼다.

아이가 농촌 유학 생활에 적응했을 즈음, 나는 아이 학교에 행사가 있어 참석했고, 같은 반 아이들의 엄마들과 마주하게 되었다. 농촌에서 생활하는 엄마들이라서 다들 나처럼 집에만 있는 줄 알았다. 그런데 대부분의 엄마가 직장을 가진 워킹맘이었다.

농장을 운영하거나 농사를 지었고 직업 군인인 엄마도 있었다. 그런 엄마들이 멋져 보였다. 아이들도 그런 엄마가 자랑스러우리라 생각하니, 우리 아이들에게 비칠 내 모습이 초라해 보였다. 미안한 마음도 들었다.

아이가 농촌 유학 생활로 점점 달라져 가는 모습을 보이니 이제 정말 변해야겠다는 생각이 들었다. 나는 움직이기 시작했다.

생각을 바꾸기가 어려웠던 것이지 막상 행동하는 것은 어렵지 않았다. 딱히 할 수 있는 것이 없는 현실에서 빠져나오기 위해 책을 읽게 되었다. 사실 나는 책만 보면 자던 사람이다. 그런데 바뀌고자 하는 의지가 강해질수록 책 속의 누군가의 삶과 경험, 지혜가 궁금해지기 시작했고 자연스레 책을 읽었다.

누군가의 경험담을 듣고, 성공한 많은 이들의 성공담을 읽으면서 생각이 변하고, 생각이 변하면서 행동하고, 그 행동을 통해 삶이 변하기 시작했다.

그리고 집에서 유튜브로 강의를 들으며 마음 치유를 시작했다. 워낙 우울증으로 힘들었던 터라 내게는 치유의 시간이 필요했다. 그 뒤 배우고 싶은 것이 하나둘 생겼다. 집에서 듣는 강의가 아닌 직접 찾아 가서 강의를 듣기 시작했다.

강의를 들으면서 배움에 대한 열정이 샘솟았다. 20대에도 없었던 배움에 대한 열정 말이다. 강의를 들으면 그 강사의 말 한마디에도 엄청난 동기 부여가 됐다. 육아와 함께 할 수 있는 나의 꿈을 찾아 보기로 했다. 그렇게 '꿈'이 생겼다.

처음에는 소소한 것부터 시작했다. 블로그에 글을 올렸고, 인스타그램에 사진을 올리기 시작했다. 틈틈이 체험단 활동으로 작은 소득을 얻었고, 나의 이야기를 글로 쓰는 연습을 하기 시작했다. 글을 쓰면서 더욱 자신감이 생겼다. 글을 통해 내가 사람들에게 하고 싶었던 이야기에 대해 깊이 생각했다. 나와 같이 힘들었을 누군가를 위로하고 그들과 소통하고 싶었다.

나는 요즘 육아가 힘든 엄마들과의 소통 공간을 만들기 위해 네이버 카페를 개설하고 꾸려 나가고 있다. 함께 글도 쓰고 육아 일상을 공유하기도 한다. 또한 블로그와 인스타그램을 통해 우리 아이의 육아 일상을 담고 있다. 아직은 작고 사소한 일들을 해 나가고 있지만, 지금의 것들을 꾸준히 한다면 5년 후, 10년 후는 달라질 것이라 믿는다.

간디는 "생각이 바뀌면 행동이 바뀌고, 행동이 바뀌면 운명이 바뀐다"라고 했다. 나 또한 그랬다. 생각과 행동이 바뀌면서, 배움을 통해서 그동안의 힘들었던 육아가 내가 할 수 있는 하나의 일이 되어 돌아왔다. '엄마라서 하지 못한다'고 생각하며 보냈던 그 시간들이 차곡차곡 쌓여 '엄마여서 할 수 있는 일'이 되어 돌아온 것이다.

배움을 통해 책을 쓸 수 있는 용기를 얻었고, 책을 쓰려고 나 자신을 뒤돌아보니 나의 힘들었던 육아를 통해 누군가에게 해 줄 수 있는 이야기가 생겼음을 깨달은 것이다. '작가'는 엄마 역할을 하면서도 충분히 할 수 있고, 오히려 엄마이기에 할 수 있는 정말 나다운 꿈이다.

나의 꿈이자 아이가 바라본 엄마의 꿈, 그 꿈이 작가이고, 나는 지금 첫째 아이 육아를 통해 보고 듣고 느끼고 경험한 그 모든 것을 글로 써내려 가고 있다. 이 글에는 나의 진심이 담겨 있고, 나의 육아 경험담이 고스란히 들어 있다. 나의 경험담을 통해 누군가가 위로를 받고 희망을 가질 수 있었으면 좋겠다. 나의 글이 누군가에게 닿아 마음을 움직일 수 있으리라고 확신한다.

내가 꿈을 꾸고 그 꿈을 이뤄 가는 과정을 통해 우리 아이에게 '꿈은 이루어지는 것이다'라는 강력한 희망을 심어 주고 싶다. 책에서 보고 대중매체로 접하는 것보다 더 확실하고 더 믿을 만한 것은 실전에서의 경험담을 직접 보고 듣는 것이다. 그보다 더 아이에게 확실한 영향력을 주는 것은 없다고 생각한다. 아이의 바람과 엄마의 소망을 담아 나의 꿈이 이루어지길 바란다.

이 책을 읽고 있는 당신에게 감히 말한다.

"이제 당신도 당신만의 꿈을 꾸세요!"

배우고, 도전하고, 성장하는 시간

나는 꿈이 생기면서 더 많이 도전하고 배웠다. 왕복 3시간의 거리를 매주 두 번씩 오가며 강의를 듣고, 캘리그라피를 배우고, 틈틈이 글도 쓰고, 책도 읽었다. 같이 강의를 들었던 사람들과 함께 새벽 기상도 하고, 블로그 글 쓰기, 책 읽기 등 많은 미션도 수행했다. 내 꿈을 위한 시간을 확보하기 위해 텔레비전을 보지 않고, 유일한 취미 생활이었던 사우나도 일주일에 한 번에서 한 달에 한 번으로 줄였다.

예전의 삶에서는 상상도 못할 일이다. 무언가에 도전하고 싶어도 갑상선암 수술 이후에는 피로가 걸림돌이 되었고, 독박 육아로 모든 것을 내가 해야 한다는 강박관념이 발목을 잡았다. '이런 상황의 이런 내가 뭘 할 수 있겠어?'라는 생각이 앞서 시작도 전에 포기했다. 지레 겁을 먹고 뒷걸음질 친 것이다.

나는 스스로를 너무 잘 알고 있다고 생각했고, 미리 나의 한계를 설정했다. 그런데 어느 작가의 일일 특강을 듣고 변했다. 작가가 될 수 있다는 말에 가슴이 뛰기 시작했고, 행동하기 시작했다. 그러자 세상의 모든 일이 나의 꿈을 기준으로 순환하기 시작했다. 피곤했지만 수업 시간에 졸지 않았고, 간혹 수업 시간이 길어질 때는 친정엄마에게 도움을 청했다.

그동안의 내 걱정과는 다르게 내 안의 나는 지혜롭게 힘든 상황을 모면했고, 더욱더 강인한 힘을 발휘했다. 꿈이 내 안의 또 다른 나를 끌어낸 것이다. 그동안의 나는 나 자신을 너무 모르고 있었다.

생각을 바꾸는 것은 힘든 일이다. 습관을 바꾸는 것 또한 힘든 일이다. 사소한 생각 하나, 작은 습관 하나 바꾸는 것은 오래된 내면의 나와 싸워 이기는 일이라 시간이 오래 걸린다. 이 시간 동안은 인내가 필요하다.

급한 성격으로 30년을 살아온 나에게 인내란 참 힘든 일이다. 그 힘든 일을 지금의 내가 해내고 있다. 아니, 해내겠다는 의지 하나로 노력하는 중이다.

누구나 살다 보면 한 번쯤은 인생의 터닝포인트를 맞는다. 거기서 변화하느냐 안 하느냐는 나의 몫이다. 나는 그저 나의 몫을 해내고 있다.

내가 성장하는 데 가장 많은 도움을 준 것은 바로 책이다. 책에 나온 삶의 지혜는 무엇과도 바꿀 수 없는 값진 가치가 있다. 요즘도 나는 책 읽기와 글쓰기, 배움을 지속하고 있다. 육아를 하는 엄마든, 회사에 다니는 직장인이든, 아이든 어른이든, 나이가 지긋한 어르신도 모두 책을 통해 삶의 지혜를 배울 수 있다. 나 역시 책을 읽으며 나의 꿈을 이루고자 노력하는 중이다. 내가 할 수 있는 일이라면 누구나 다 할 수 있는 일이라 생각한다. 시작이 어려울 수는 있다. 두려워 말고, 남들과 비교하지 말고, 그 누구도 아닌 나 자신을 위해 배움을 위한 시간을 아끼지 말았으면 한다.

나는 오늘도 변화를 위해 노력하고, 성장하며, 그 모든 것을 기록한다.

내가 변화하기 시작하면서 아이는 내가 하는 모든 일에 관심을 보였다. 내가 글을 쓰고 있으면 옆에서 문제집을 풀었고, 마인드맵을 그리면 곁에 앉아 따라 그렸다. 유튜브로 강의를 들으면 관심을 가졌고, 블로그나 인스타그램을 하고 있으면 내가 올리는 글과 사진을 유심히 보았다. 간혹 주말 강의를 들으러 멀리 갈 때면 공부 열심히 하고 오라고 응원하며 배웅해 주었다.

얼마 전에는 아이가 공부가 하고 싶다고 말했다. 어려운 문제를 풀고 싶다며 학습지를 사달라고 말하는 모습이 어찌나 대견하던지…. 얼른 문제집을 사 주었다.

나의 성장을 통해 아이 역시 긍정적인 자극을 받고 있는 것 같다. 찬찬히 보면, 호기심도 많고 적극적인 우리 아이가 미래에 자신이 원하는 길을 찾고 잘 걸어가리라 기대한다.

꿈은 꾸라고 있는 것이다. 지금 당장 이룰 수 있지 않더라도 미래에 내가 되고 싶은 것을 상상해 보는 사소한 것부터 시작하면 된다. 중요한 것은 타인이 원하는 꿈이 아닌 내가 원하는 꿈을 꾸는 것이다.

나는 알고 있었다. 꿈을 꾸는 방법을. 그동안 주어진 삶의 과업에만 몰두해 있어 잊어 버리고 있었을 뿐이었다. 어느 순간 아이가 던진 질문 하나에 꿈을 꾸는 방법이 다시 떠올랐고, 나는 다시 꿈을 꾸고 있다. 현재 여건에서 이룰 수 있는 아주 작은 꿈부터 10년, 20년 후의 그 어느 날까지를 위한 큰 꿈을 꾼다.

꿈이 생겼을 때 그 꿈을 향해 발걸음을 옮겼다. 미래를 생각하게 되고, 더 열심히 배우고 변화하게 되었다. 작은 꿈 하나에 살아가야 할 의미와 방향이 선명해졌다. 이제 더는 무기력하고 무의미한 시간을 보내지 않는다.

육아에 지쳤거나 사회 생활에 찌들었거나 현재의 생활이 버거운 당신에게 권한다. 시간을 내어 작은 것이라도 좋으니 '나만의 꿈'을 꾸기를 권한다.

다이어리나 일기장 한편에 그 꿈을 적어 두거나 사진으로 붙여 놓는 방법도 있다. 그렇게 내가 원하는 것을 '나의 꿈 도화지'로 만들어 매일 보면 어떨까. 내가 이루고자 하는 꿈을 상세히 적고 사진으로 붙인 것을 눈으로 보고 머릿속에 각인시키면, 의식하지 못 하는 때에도 스스로 꿈을 향해 움직일 수 있다.

꿈을 꾸는 자체만으로도 인생의 목표가 되고, 삶의 원동력이 될 것이다. 그러니 꼭 꿈을 찾아 나서길 바란다.

오늘도 변화를 위해 노력하고, 성장하며,

그 모든 것을 기록한다.

지금 걷는 내 인생
최고의 길

나에게 용기를 줬던 김병완 작가의 《한 달에 한 권! 퀀텀책 쓰기》중 한 대목이다.

누군가는 백 번 죽었다가 다시 태어나도 할 수 없는 일을 누군가는 거뜬히 해낼 수 있다. 하지만 그렇게 해낼 수 있는 사람도 처음부터 엄청난 일을 해낼 수 있었던 것은 아니다. 누구나 걸음마를 떼는 시간이 있다. 그 시간을 거뜬하게 이겨낸 사람만이 엄청난 일을 해낼 수 있는 사람이 되는 것이다.

처음부터 작가의 꿈을 이룰 수 있다고 생각하지는 않았다. 나도 할 수 있는 일을 찾고 싶었지만 10년의 경력 단절과 육아로 인한 시간 제약 때문에 그 길을 찾기가 어려웠다. 그러다 우연히 '책 쓰기 일일 특강'을 듣게 되었다. 이 강의를 통해 책 쓰기에 대한 열정이 샘솟았다. 누구든 글을 쓸 수 있고, 그 글을 책으로 출간할 수 있고, 작가의 꿈을 이룰 수 있다고 했다.

두 시간 남짓한 강의를 듣고 가슴이 막 뛰었다. "당신도 할 수 있다"라는 말에 희망이 생겼다. 평생 책이라면 질색이었고 공부라면 졸업과 함께 손을 놓았던 내가 본격적인 책 쓰기 수업을 등록했다. 그렇게 수업을 들으며 책을 읽고 글을 쓰기 시작했다.

책 쓰기 수업 이외에도 책을 출간하는 구체적인 방법을 알려 주는 수업도 찾아다니며 들었다. 정말이지 책을 쓰고 싶었고, 작가가 되고 싶었다. 햇볕이 뜨거워도 비가 와도 멀어도 피곤해도 그저 배움에 대한 열정 하나로 열의를 다해 걷고 또 걸었다.

'내가 걷는 이 길이 내 인생 최고의 길이다'라는 생각으로 내 꿈을 향해 한 걸음 한 걸음 천천히 발걸음을 옮겼다. 열심히 배우다 보니 조금씩 글을 보는 눈이 달라지고, 느끼는 감정에도 변화가 생겼다. 일상 속 작은 변화와 함께 나만의 글이 점점 더 많아졌다.

포기하고 싶은 순간도 많았지만 그때 읽은 김새해 작가의 《내가 상상하면 꿈이 현실이 된다》라는 책을 보면서 마음을 다시 다잡았다.

여기저기서 힘들다고 아우성칠 때, 하루하루 겨우 산다고 말하는 사람들이 늘어날 때, 당신은 희망으로 무장하고 세상과 진검승부를 펼쳐야 한다.
"마음속에 해결되지 않은 모든 것을 향하여 인내하라. 그리고 문제 자체를 사랑하려고 노력하라. 답을 찾으려 하지 말라."
비록 시작은 작더라도 멈추지 않는 뚝심으로 열정과 집중력을 발휘한다면, 분명 그 끝은 창대하다. 이 세상에 당신을 이길 시련은 없다.

특히 책 속에서 '당신을 이길 시련은 없다'라는 글귀가 뇌리에 남았다.

책 한 권을 쓴다는 것이 쉬운 일은 아니다. 특히나 나처럼 독서와 글쓰기를 멀리했던 사람에게는 말이다. 책 쓰기를 배웠지만, 그것은 단기간의 성과로 나타나는 것이 아니었다.

한 줄의 글을 쓰고 몇 시간을 고민할 때도 있었다. 책을 쓰기 위한 제목과 목차를 다 뽑아 놓고도 두 달을 망설이다 다른 주제로 바꾸기도 했다.

처음에는 그저 책을 출간하는 것에만 목표를 두고 있었다. 그런데 책을 쓰기 시작하면서 내가 쓰고자 하는 책에 의미를 부여하게 되었고, 책을 통해 내가 이루고자 하는 꿈과 목표를 다시 설정할 수 있었다. 글이라는 것을 통해 내가 나아가고자 하는 꿈의 방향을 잡게 된 것이다.

글을 쓰면서 작가의 꿈을 이루고 싶다는 희망이 생겼고, 책을 쓰면서 책을 통해 내가 이루고자 하는 또 다른 꿈들이 생겨났다. 나와 같은 아픔을 겪은 엄마들이 공감하는 책을 쓰고 싶어졌고, 엄마들과 소통하고 싶어졌다.

그래서 '남다른' 내 아이의 변화를 글로 기록해서 남기게 되었다. 언젠가 내 글이 누군가에게 희망을 주고, 동기 부여를 할 수 있으면 좋겠다. 그러기 위해 나는 오늘도 꾸준히 글을 쓴다.

힘들 때마다 포기하지 않고, 마음을 다잡기 위해 나는 나 스스로에게 이렇게 말했다.

"꿈을 향해 나아가고 있는 지금 이 순간이 내 인생 최고의 행복이고, 내가 걷는 이 길이 내 인생 최고의 길이다."

아이는 엄마를
꿈꾸게 한다

사실 첫째 아이는 태어나면서부터 나를 구해 주었다. 결혼 전 나는 튼튼함을 무기 삼아 병원과 멀어져 건강을 챙기지 않았다. 그 흔한 건강 검진 한 번 받은 적 없었고, 병원 자체를 무서워하고 꺼려했다.

늘 피곤함을 달고 살았고, 잠을 많이 잤지만, 그저 '회사 일이 피곤하니 그렇지…'라며 대수롭지 않게 생각했다. 어렸을 때부터 잠이 많았으니 지금도 자연히 잠을 많이 잔다고만 생각했다.

만약 아이를 낳지 않았다면, 내가 갑상선암이라는 것도 모르고 살았을 것이다. 다행히도 첫째 아이의 예방 접종을 위해 방문한 병원에서 해 준 무료검진에서 갑상선에 이상이 있음을 알게 되었고, 미세침흡인 세포 검사를 통해 갑상선암 진단을 받았다.

당시에는 겉으로 목에 아무런 표시도 안 났고, 다른 증상도 없었기에 전혀 예상조차 할 수 없었다. 다른 사람들에 비해 예후가 좋지 않았던 나는 이미 갑상선암이 많이 진행되어 임파선까지 전이된 상태였다. 의사 선생님은 만약 지금 발견하지 않았다면 위험했을 수도 있었다고 했다.

아이를 낳지 않았다면 언제 알았을지 모르고, 그렇게 흘려보낸 시간 속에 내 상태가 얼마나 나빠졌을지는 알 수 없었다. 다시 생각해도 하늘이 도운, 아니 첫째 아이가 도운 일이다. 첫째 아이는 그렇게 태어나면서부터 내게 생명을 가져다주었다. 죽어 가던 내 삶을 다시 살려내 제2의 인생을 준 것이다. 첫째 아이는 나를 살린 내 인생에서 가장 고마운 사람이다.

이 글의 대부분은 첫째 아이를 기르면서 있었던 일을 중심으로 썼다. 내가 글을 쓰면서 새삼 아들에게 느끼는 감정은 다름 아닌 '고마움'이다. 첫째 아이를 통해서 받았던 그 많은 사랑과 관심, 그리고 나를 지지해 주는 많은 사람이 있다는 사실을 알게 해 준 고마움 말이다. 나는 첫아이를 임신하고 내 인생 가운데 가장 충만한 사랑을 맛봤다. 주위의 모든 사람이 나의 건강과 마음에 초점을 맞추었고, 사랑과 보호를 해 주었다.

나는 딸이 귀한 집에서 태어나 사랑을 받고 자라기는 했지만 '사랑한다'는 말을 많이 듣거나 사랑 표현을 많이 받으며 자란 것은 아니었다. 그런데 임신하고 아이를 낳으면서 사랑한다는 말을 많이 하고 또 들었다.

시어머님과 시어른들께 받은 사랑은 말뿐만 아니라 나를 배려해 주는 여러 가지 상황도 있었다. 또한 아이를 낳고 육아로 힘들어 하던 내게 시어머니는 나를 지켜봐 주시며 많은 지지와 격려를 해 주었다. 내가 하는 일이 잘못되었다고 야단치기보다는 잘될 거라는 희망을 주었고, 늘 좋은 말씀을 많이 해 주었다. 특히 농촌 유학에 대해 적극 지지해 주었다.

일일이 글로 다 표현할 수는 없지만 나는 지금 그 고마움을 가슴에 품고 살아간다. 힘든 시기를 거쳐 이렇게 다시 일어서

게 했던 희망과 포기하지 않고 도전할 수 있는 용기도 다 그런 사랑과 배려, 응원을 받았기에 가능했다. 나를 살아갈 수 있게 하는 듬직한 마음속 버팀목이 되었다.

나는 첫째 아이 육아를 하며 많은 시행착오를 겪었고, 시험 답안지를 작성하듯 공식을 대입시켜 육아를 했지만 그러면서도 성장이 있었다. 잘하고자 하는 마음만 큰 어리석은 엄마였지만 가족의 사랑과 지지로 살아 냈다.

첫째 아이의 학교에서 학예회가 열렸을 때였다. 문득, 아이가 다시 보였다. 아이는 또래보다 키도 크고 몸도 탄탄했다. 적극적으로 열심히 율동을 했다. 자기 차례를 기다리는 모습에서 많이 컸음을 실감할 수 있었다. 그 전까지만 해도 유치원에서 기다리는 것을 못해서 돌아다니기 일쑤였던 아이였는데, 이제 컸다고 기다리는 법도 알고, 친구를 사귀는 것도 배웠다니….

점점 더 좋은 방향으로 변해 가는 아이를 보니 대견했다. 어느새 귀여움은 사라지고, 진지한 어린이의 모습을 한 훌쩍 커 버린 아이의 모습에 마음 한쪽이 허하기도 했다.

첫째 아이의 의젓함이 왠지 씁쓸한 어느 날, 아이를 키우며 지나온 모든 날이 고맙게 느껴졌다. 아이가 잘 커 줘서 고맙고 고마운 그런 날이었다.

내일이 더
기대되는 하루

지난 10여 년간 가족의 꿈만 좇았던 내가 오롯이 나만의 꿈을 향해 나아가는 여정을 글로 정리하기가 쉽지만은 않았다. 한 권의 책을 내기 위해서는 글을 써야 하고, 여러 번의 수정과 보완을 통해서 원고를 다듬어야 한다. 그렇게 완성한 원고는 출판사에 투고를 해서 출간 결정을 받아야 비로소 출간 계약을 맺는다. 이 일련의 과정을 거치면 진짜 내 책이 출간되는 것이다. 그만큼 많은 시간과 노력을 들여야 한다.

나는 하루 일과 중 아이를 돌보는 시간 외에는 읽고 배우고 글을 쓰는 데 모든 시간을 썼다. 그 가운데서도 아이들은 하루하루가 다르게 커 갔다. 첫째는 이제 열 살이 되었고, 둘째는 다섯 살이 되었다. 손이 더 많이 가는 남자아이들을 위한 식사 준비를 하고, 청소와 빨래를 한다. 아이들을 곁에서 지켜보고 정서적·물리적으로 필요한 부분을 채워 준다.

일주일에 한 번 집에 오는 남편이 해외 출장을 갈 때면, 주말 부부가 아니라 '월말 부부'가 될 때도 종종 있다. 아이들은 나 혼자 낳았나, 화를 내고 싶을 때도 있지만 남편도 우리 가족을 위해 최선을 다한다는 것을 알고 있기에 나 자신을 다시 다독인다.

아이가 농촌 유학을 하고, 많은 변화를 보이면서 나 역시 변하게 된 계기가 되었다. 아이가 그때 겨우 여덟 살이었지만 너무 대견하게도 1년 동안 농촌 학교와 시골 생활에 잘 적응해 주었다. 천방지축 어린아이가 부모와 떨어져 지낸다는 것이 쉽지 않았을 텐데, 아이가 그만큼 잘 참아냈던 이유는 농촌 생활이 아이에게 좋았다는 증거가 아닐까.

농촌 생활 때문에 아이가 변하게 되자, 나에게 이런 의문이 들었다.

'꼭 도시에 살아야 할까? 시골로 이사가면 어떨까?'

우리 아이의 성향이 도시 생활과 맞지 않다는 것은 진작 알고 있었지만, 가족의 생활 터전을 아예 바꾸는 데까지는 용기가 나지 않았다. 나 역시 갑상선암 수술로 평생 약을 먹어야 하고, 근처에 큰 병원이 없는 시골 생활은 꿈도 꾸지 못했다. 주기적으로 종합병원에 다녀야 하고, 가끔 많이 아플 때는 응급실에 가는 날도 있기 때문이다.

그럼에도 첫째 아이의 성공적인 농촌 유학 생활에서 느낀 점을 생각했다. 아이를 통해서 희망을 보게 되니 움직여야겠다고 마음먹을 수 있었다. 농촌 학교의 교육 방식이나 실제 귀촌한 다른 부모님들의 경험담도 내 마음을 움직였다.

나도 아이들이 다른 사람들에게 폐를 끼칠까 노심초사하지 않고, 아이들도 마음껏 에너지를 발산하고 자유로워진 마음으로 다닐 수 있는 학교에서 생활하게 해 주고 싶었다. 엄마인 나, 그리고 아이를 위해서 결국 도시 생활 대신 시골 생활을 선택하기로 했다.

물을 좋아하는 아이들을 위해 바다 근처에 있는 지역을 알아보면서 계획을 짰다. 미세먼지로 늘 뿌옇게 덮인 하늘을 보며 답답하게 살기보다 좀 더 좋은 공기를 마시며 자유롭게 살기 좋은 곳으로 골랐다.

지금은 아이들과 새로운 삶의 터전에서 행복하게 살아가며 바쁘게 생활하고 있다. 우리 가족이 당도한 바닷가 근처 마을에서 나는 내 꿈을 위해 글을 쓰고, 늘 그랬듯 육아를 하고 있다. 아이들이 시골에서 자연을 보며 안정된 마음으로, 깨끗한 공기를 마시며 건강한 육체로 잘 커 주리라 믿는다.

이제 새로운 것에 대한 도전이 두렵지 않다. 아이와 내가 성장해 갈 내일을 기대한다. 아이의 행복도 지키고, 엄마의 꿈도 이뤄 나갈 수 있는 새로운 삶을 위해 나는 내 아이들과 오늘도 함께 살아간다.

사랑, 모성, 꿈에 대한 눈부신 기록

이제 겨우 엄마가 되어 갑니다

© 손유리 2022

인쇄일 2022년 4월 8일
발행일 2022년 4월 15일

지은이 손유리
펴낸이 유경민 노종한
기획마케팅 1팀 우현권 **2팀** 정세림 유현재
기획편집 1팀 이현정 임지연 **라이프팀** 박지혜 장보연
책임편집 박지혜
디자인 남다희 홍진기
기획관리 차은영
펴낸곳 유노콘텐츠그룹 주식회사
법인등록번호 110111-8138128
주소 서울시 마포구 월드컵로20길 5, 4층
전화 02-323-7763 **팩스** 02-323-7764 **이메일** info@uknowbooks.com

ISBN 979-11-91104-36-3(03810)